人散后，一钩新月天如水

汉末士人与《古诗十九首》

杨敏 著

東方出版中心

图书在版编目（CIP）数据

人散后，一钩新月天如水：汉末士人与《古诗十九首》/ 杨敏著. —上海：东方出版中心，2023.3
ISBN 978-7-5473-2163-8

Ⅰ. ①人… Ⅱ. ①杨… Ⅲ. ①古典诗歌－诗歌欣赏－中国 Ⅳ. ①I207.22

中国国家版本馆CIP数据核字（2023）第047739号

人散后，一钩新月天如水——汉末士人与《古诗十九首》

著　　者　杨　敏
责任编辑　王欢欢
装帧设计　钟　颖

出版发行　东方出版中心有限公司
地　　址　上海市仙霞路345号
邮政编码　200336
电　　话　021-62417400
印 刷 者　上海万卷印刷股份有限公司

开　　本　890mm×1240mm　1/32
印　　张　4.875
字　　数　90千字
版　　次　2023年4月第1版
印　　次　2023年4月第1次印刷
定　　价　45.00元

目录

无所皈依的人生悲凉（代序）

绘　刘德贵(上海开放大学人文学院文学艺术系教师)

《古诗十九首》是中国古代文学中最具魅力的作品，其作者与具体创作年代的难考，抒情手法的高妙，成熟的五言诗形式等，一直吸引着学者们去思考、探究。而其浓郁的感伤色彩更是令人瞩目，甚至有人称之为中国感伤文学的代表。至于其感伤意味的形成，与它描写日常生活的悲苦，如相思离别、游子望乡、生命苦短、世态炎凉等密切相关。

实际上，《古诗十九首》的感伤内涵早已超出了生活悲苦的长叹，在看似平常的悲苦情怀之下，蕴藏着最为沉痛的时代伤痛——一代士人处在骤然裂变中最深切的心灵震颤，最悲凉的精神凄苦，最绝望的人生伤泣。其感伤意味主要体现在以下几个方面。

其一，无着无落的相思。《古诗十九首》表现夫妇或恋人相思离别的诗歌特别多，且常是一方的痴情和执着，是思的孤单，爱的无着。有的是因道路相隔和爱人相见无期："相去万余里，各在天一涯。道路阻且长，会面安可知?"(《行行重行行》)有的是无法示爱，空落无依的遗憾："涉江采芙蓉，兰泽多芳草。采之欲遗谁，所思在远道。"(《涉江采芙蓉》)有的是相爱而不得，可望而不可即的无奈："盈盈一水间，脉脉不得语。"(《迢迢牵牛星》)有的是自我沉浸其中，对对方却无感的担忧："一心抱区区，惧君不识察。"(《孟冬寒气至》)有的是对比翼双飞，同结连理的渴望："愿为双鸿鹄，奋翅起高飞。"(《西北有高楼》)有的是对方久别不归，对自己或被抛弃的忧虑："浮云蔽白日，游子不顾返。"(《行行重行行》)有的则是孤苦无依，独处难耐的痛苦："荡子行不归，空床难独守。"(《青青河畔草》)这些人又大多都是痴情执着的女子。

其二，对宦途失意的悲伤。士子或者埋怨自己仕途不顺，往日好友一阔脸就变："昔我同门友，高举振六翮。不念携手好，弃我如遗迹。”(《明月皎夜光》)或者倾诉自己贫贱困窘，渴念功名利禄以摆脱悲酸处境：“何不策高足，先据要路津。无为守贫贱，坎坷长苦辛。”(《今日良宴会》)或者祈求短暂人生中能留下一点美名：“奄忽随物化，荣名以为宝。”(《回车驾言迈》)

其三，对怀归不得归的怆痛。因为战乱频仍，道路阻隔，客居不归，士子们如陷缥缈大荒，焦灼无奈：“思还故里闾，欲归道无因。”(《去者日以疏》)即使客行有乐，也不如回归故里，何况客行无乐？旅居他乡又仕途阻滞，进退两难，归途漫漫，无可诉说：“客行虽云乐，不如早旋归。出户独彷徨，愁思当告谁!”(《明月何皎皎》)

其四，对人生短促的感叹。这是《古诗十九首》表达最多的主题。有感伤人生短暂的：“人生天地间，忽如远行客。”(《青青陵上柏》)有感叹生命脆弱的：“人生非金石，岂能长寿考？”(《回车驾言迈》)有叹老、畏死的：“四顾何茫茫，东风摇百草。所遇无故物，焉得不速老？”(《回车驾言迈》)有伤心时感叹时光如流的：“回风动地起，秋草萋已绿。四时更变化，岁暮一何速。晨风怀苦心，蟋蟀伤局促。”(《东城高且长》)

此外，还有对知音难觅的哀伤：“不惜歌者苦，但伤知音稀。”(《西北有高楼》)“出户独彷徨，愁思当告谁？引领还入房，泪下沾裳衣。”(《明月何皎皎》也有对聚财或求仙者的嘲弄，对及时行乐的赞赏：“为乐当及时，何能待来兹？愚者爱惜费，但为后世嗤。”(《生年不满百》)。

值得注意的是，无论《古诗十九首》的思想感情是上述的哪一类，都有一个共同特征，那就是最终都要回归到对人生易逝、节序如流的感伤，大有汲汲皇皇、如恐不及的忧虑，仿佛世界末日会随时降临。

其实，在《古诗十九首》之前，中国诗歌里已充溢着对人生短促的哀叹。面对易逝人生，有的人宣称要及时行乐，抓住当下，如“今者不乐，逝者其耋”，“今者不乐，逝者其亡”。① “宛其死矣，他人是愉”，“宛其死矣，他人是保”，“宛其死矣，他人入室”。② 有的人则要立身立名，在有限时光里实现理想和抱负，如“汩余若将不及兮，恐年岁之不吾与”。“日月忽其不淹兮，春与秋其代序。惟草木之零落兮，恐美人之迟暮”。“老冉冉其将至兮，恐修名之不立”。③ 让人忧惧的是时间不断流逝最终带来的死亡，人生的理想和抱负瞬间化为泡影。

但是，到了《古诗十九首》中，人们对于时间易逝的感叹，不再带有诸如实现理想和抱负之类的思考，只为时光流逝和死亡而忧伤、烦恼、恐惧，这是前所未有的。就其本质来看，其情调的忧怨、心境的凄清、精神的孤寂，是一种追求幻灭后的入骨伤痛，精神绝望后的灰暗哀思，无所归依的心灵呐喊，是一代士人迷失精神家园后对人生的伤泣。

特有的精神境界，必定有特定的文化背景。文学和文化一样，是欠缺感、自卑感、危机感的产物，是追求升华的系列表现。《古诗十九首》产生于东汉后期桓帝、灵帝之时，中国社会正走向

---

① 《诗经·秦风·车邻》。

② 《诗经·唐风·山有枢》。

③ 屈原《离骚》。

一个大分裂、大崩溃的裂变时期。相对西汉的大一统和繁荣，桓帝、灵帝之时简直是沧海巨变。

首先是国家体制上。从东汉后期开始表现出的权力结构不稳定性，此时更为突出。直接原因是连续出现几个幼年登位的皇帝，造成权力旁落；根本原因却是皇权和士人集团之间的不协调。作为地主阶级中读书人的“士人”，他们中最活跃的是京都太学生们。从社会责任上来说，他们具备做官的资格，并以此为共同的人生出路。一些世代大士族，和士人出身的朝廷大僚，则是这一群体的利益代表。

作为东汉末年的统治者——皇帝和皇室成员，往往从“家天下”的意识出发，完全把国家视为私有财产，普遍重用其私奴——宦官，甚至通过宦官直接卖官鬻爵来积累私人财富。宦官则乘机把持权力，凌驾于朝官之上，严重时还会控制皇帝。这种情形既破坏了朝政的正常运转，也大大侵害了士人的利益。士人从个人和朝廷双方面利益出发，要求与皇权达成某种平衡，强调士大夫对国家的责任和权力，坚决反对宦官擅政。同时，外戚政治集团也在士人、宦官之间形成了强大的势力。

为了压制士人的反抗，宦官对士人集团进行残酷压迫。汉末文学家赵壹在《穷鸟赋》里以穷鸟自况，就表现了东汉后期文人动辄得咎罹祸的艰难处境。文人们饱受压抑，郁郁不得志，也对汉家王朝失去了信心，预感到王朝正一步步走向灭亡的结局。黑暗的末代皇权不值得他们效力，皇权的灭亡更将使他们无处效力，他们的心中由此充满了绝望和悲怆。

其次是哲学思想上。汉末士人原来信奉的哲学思想，此时也把他们推向了一个文化上的废墟。从汉武帝时起，经过改造的新儒学——以董仲舒为代表的天人感应及阴阳五行学说成为官方哲学后，笼罩、统治了汉代数百年。其最大的影响，就是使汉代士人形成了特有的精神面貌和心理结构。大概说来，这一学说对士人的影响主要有三个方面。

一是这种宇宙论，五行图式的封闭性。在“天道”“天意”“天”的旗帜下，这一学说中的任何一方面——上自皇帝，下至庶民，乃至世界万物，都被固定在确定的位置上。他们彼此之间有大体确定的关系和限定，互相受到一定约束。所以汉代士人一直都有一种定位感和自我满足感：皇权受命于天，他们则是为了辅助皇权统治万民。而至汉末，皇权的旁落和纷乱，使他们感到皇权不再是那么神圣，不再是“天授”。他们倍受压制的处境，也让原有的定位感和满足感轰然消失，不知道自己存在的价值在哪里。

二是这种宇宙论的循环性。从社会发展上来说，循环性认为历史的演变不过是天道的循环，所谓“天下合久必分，分久必合”。士人们由此想到，既然大汉帝国已经统一了几百年，进入分裂也是必然，谁也无回天之力。与其作徒劳挣扎，不如听由它去。对于汉末的混乱，士人们充满无可奈何之感。

三是这种宇宙论的秩序性。长期以来，士人们接受的思想是“唯天子受命于天，天下受命于天子”。[①] “故曰王者配天，谓其道。

① 董仲舒《春秋繁露·顺命》。

天有四时，王有四政，四政若四时，通类也”。[1] 然而，如今皇帝由宦官外戚掌控，朝政无道，战乱纷起，民不聊生，哪里还是“天不变，道亦不变”？既然天下无道，读书人无法经世致用，治国平天下，那么何须再去修身齐家？何须再去遵守传统的秩序道德规范？

四是立官制度上。汉代原有的立官制度使汉末士人萌生一种前所未有的失落感和飘零感。从汉武帝开始，汉王朝就形成了官制方面重文士的传统，“一岁皆辄课，能通一艺以上，补文学掌故缺；其高第可以为郎中，太常籍奏。即有秀才异等，辄以名闻。其不事学若下材，及不能通一艺，辄罢之，而请诸称者。臣谨案诏书律令下者，明天人分际，通古今之谊（义），文章尔雅，训辞深厚，恩施甚美”。[2] 朝廷建构了一个由孝悌、读书、出身和经由推荐考核而构成的文官制度，作为专制皇权的行政支柱。

这个立官制度，可以说是中国早期“士”官僚的文官政教体系。它使士和皇帝之间，有确定的政治规范和信息交换，从而把孔子开始的儒家“学而优则仕”的理想，在制度上落实下来。由此，千千万万读书人走出了先秦时的个体游士到处寻找依托之所的困境，进入一个有秩序地寻找社会地位、实现自我价值的新境界。于是，皓首穷经、读书做官成了士人们的精神支柱。

然而，汉末皇权统治的混乱，不仅使士人们备受宦官外戚的打击迫害，连进入官场之路也是一片黑暗。“顺风激靡草，富贵者

---

① 董仲舒《春秋繁露·四时之副》。
②《汉书·儒林传》。

称贤。文籍虽满腹，不如一囊钱。伊优北堂上，肮脏倚门边。”[1]到处是赂贿公行，无能当道，贤才只能望洋兴叹，空怀悲愤。士人们皓首穷经以报效国君的人生目标失落了，节操伦常的最高价值标准模糊了，赖以安身立命的精神支柱倒塌了。于是，往日以为崇高的，显露出荒谬和虚伪；往日以为牢固的，也开始摇摇欲坠。原有的价值体系崩溃了，新的人生信仰还没有建立，站在一个文化的断裂层上，士人们越来越找不到自己。

正是汉末即将分裂、崩溃的大动荡时代，统治思想、儒家思想魅力的丧失，以及立官制度的混乱等，使汉末士人精神处在一个文化断裂阶段。对他们来说，赖以安身立命的儒家精神业已倒塌，人生的出路、理想追求不知在哪里。他们站在崩溃后的文化断层上，身心两方面都犹如进入了一个大荒之境，孤独悲凉，无所归依。心灵的痛苦，生活的磨难，把他们推向了对悲苦人生的忧思。

正是由于处在一个文化骤然失衡阶段，这种人生如朝露、一切都是幻灭的思想，不仅《古诗十九首》中有，其同时代士人的其他文字里同样充斥着，“人命不可延”[2]，“人生有何常，但患年岁暮”[3]，“人生譬朝露，居世多屯蹇。忧艰常早至，欢会常苦晚”[4]，“流离成鄙贱，常恐复捐废。人生几何时，怀忧终年岁”[5]，士人们

---

① 赵壹《嫉邪诗》。

② 赵壹《嫉邪诗》。

③ 孔融《杂诗·其一》。

④ 秦嘉《留郡赠妇诗·其一》。

⑤ 蔡琰《悲愤诗》。

从现实生活情感入手，以特有的方式倾诉乱世时内心的迷惘，文化断层上心灵的伤痛，精神废墟上的绝望，体现了一代士人无所归依的精神悲凉。

值得思索的是，《古诗十九首》的感伤所蕴含的内涵，远远不止一个社会的悲剧，一个时代的悲凉，更是折射了特殊际遇下，士人们从当下生活的希冀与缺憾，切入了对人生永恒悲剧的思索。无论《古诗十九首》之前的《诗经》《楚辞》，还是汉乐府民歌，都很少有这样彻底感悟生命真切痛苦的篇章。

因此，《古诗十九首》是中国古代士人个体意识强化的体现，是自我觉醒的开始。它和汉末许多文化现象一起，开启了魏晋南北朝的自觉时代。其中最突出的是，它在张扬人生之情时，看到了生命无可挽回的毁灭趋势。《古诗十九首》中写闺怨、思乡、友情、功名、爱情、享受、忧生、畏死等，都是人间的至真至情，之所以那么真切感人，正是源于作者对生活的真切感受，对人生的热爱与执着。那种赤裸的、对生命终将毁灭的悲哀和畏惧，具有特殊的冲击力。

从孔子开始，中国人就逐渐建构了乐天知命的集体意识。在《论语》中，“子不语怪、力、乱、神”。有人问他什么叫“知”，他答道：“务民之义，敬鬼神而远之，可谓知矣。”季路问他怎样侍奉鬼神，他说：“未能事人，焉能事鬼？”季路进一步追问，“敢问死”。他正色回道：“未知生，焉知死。”这种思想深深影响了以后的读书人，乃至全体民众。讲究实际，乐天知命，被当作幸福生活的座右铭。在这样的生活观下，中国民众对人生悲剧性的一面感受不深。认为人生中的痛苦和灾难是难免的，没有什么不合理；遭遇不幸时，就会把一切归之于天命。却不知，这种意识包含了普遍的、对人生悲剧的有意回避。

《古诗十九首》突破儒家思想中的“天命”观，浓墨抒写对人生痛苦和不幸的深切感喟，对死亡大限的无奈伤感，这无疑是一种新的文化冲击。那些落笔的士子们未必是富于思辨的哲学家，然而在极尽人间忧患之后，终于把对人生奥秘的探索、世路的艰难、生活的多悲等诸方面结合起来，进入了人生实质的摹写。所以，尽管《古诗十九首》所表达的，对于人生的看法颇有些颓丧，但那种对人生的迷惘与痛苦的感受，那种强烈的生命意识和个体意识，那种要紧紧抓住人生的迫切愿望等情感，都真真切切地表现了当时人的内心世界，折射出汉末的文化氛围，使作品产生了极强的感染力。

法国文学巨匠巴尔扎克说：“小说被认为是一个民族的秘史。”岂止是小说，所有文学本质上都是所属民族的秘史，民族心灵的秘史。

从辽远的洪荒时代起，人类便开始了痛苦而艰辛的物质长旅和精神长旅。斗转星移，随着时空的转化，在蹒跚的步履中，人类逐渐脱离了原始的生产方式和荒昧的生活方式，从混沌到清明，从野蛮到文明，终于一步一步走入了现代意义上的社会秩序。在这漫长的时空转化之中，人类命运起起伏伏，我们祖先重复了无数次的欢乐与悲哀，无不反映在文学作品之中。

源远流长的中国古代文学，其深沉意蕴之一，就是对先民精神世界的展现。这种精神世界，是作为一个具有广延性哲学意义的文化命题，是从哲学、文化学的角度观照下的心灵世界。因为，人类的意识结构与精神活动，全部都建立在以心灵为基点的坐标系上。离开了心灵就无所谓意识，无所谓精神活动。

故而，《古诗十九首》中对人的精神描写不仅是时代和文化的，也是心理和潜意识的。那种对生命短促的强烈感受和深刻体验，那种令人心颤的生命紧促感与危机感，那种对人生悲苦的倾诉与嗟叹，都远远超出了历代士人的生命悲歌，乃是一个王朝末期文人群体的终极痛苦——无所归依的文化悲凉。正是这份悲凉才使《古诗十九首》充满了对生命价值的执着追求，因而《古诗十九首》跳动着生命的活力，闪烁着超越的焦灼，透射着人的生命意志，成为中国文学史上一个特殊的存在。

本书拟从人类精神和心灵层面入手对《古诗十九首》进行深刻解读，把对十九首五言诗的挖掘与分析作为一扇窗，探究先民的精神空间与心灵漫游，揭示古代士人在人与自然、人与社会、人与他人、人与自己四层关系中的幽隐思索。由此领悟先民们是怎样把对生存现状的感受和升华，转化为对人类一系列本质问题——如暂时与永恒、现在与未来、有限和无限、希望与绝望、游子与故乡、死亡与永在、自我与他人等的追问。

回首时光深处，人散后，一钩新月天如水。

永远在路上，人类的精神流浪

绘　刘德贵(上海开放大学人文学院文学艺术系教师)

行行重行行

行行重行行，[1]与君生别离[2]。
相去[3]万余里，各在天一涯[4]。
道路阻且长[5]，会面安[6]可知？

胡马[7]依[8]北风，越鸟[9]巢南枝。
相去日[10]已远，衣带日已缓[11]。
浮云蔽白日[12]，游子不顾[13]反。
思君令人老[14]，岁月[15]忽已晚[16]。
弃捐[17]勿复道，努力加餐饭[18]！

注 释[①]

①也可写作“行行复行行”。重，又。②生别离：古代流行的成语，犹言“永别离”。生，硬的意思。③相去：相距，相离。④涯：边际。⑤阻：指道路上的障碍。长：指道路间的距离很远。⑥安：怎么，哪里。⑦胡马：北方所产的马。⑧依：依恋的意思。一作“嘶”。⑨越鸟：南方所产的鸟。⑩日：一天又一天，渐渐的意思。⑪缓：宽松。这句意思是说，人因相思而躯体一天天消瘦。⑫白日：原是隐喻君王的，这里喻指未归的丈夫。⑬顾：顾恋、思念。⑭老：这里指形体的消瘦，仪容的憔悴。⑮岁月：指眼前的时间。⑯忽已晚：流转迅速，指年关将近。⑰弃捐：抛弃，丢开。⑱加餐饭：当时习用的一种亲切的安慰别人的成语。

---

① 本书中的《古诗十九首》所有诗章注释主要参考资料有：(1)萧统. 文选(套装共6册)[M]. 上海：上海古籍出版社，2007. (2)李善. 文选注[M]. 北京：国家图书馆出版社，2017. (3)郭茂倩. 乐府诗集[M]. 崇贤书院，释译. 北京：新世界出版社，2014. (4)隋树森，吴小如，等. 古诗十九首集释[M]. 北京：中华书局，2010. (5)徐中玉，金启华. 中国古代文学作品选(一)[M]. 上海：华东师范大学出版社，1999. (6)袁世硕. 中国古代文学作品选[M]. 北京：人民文学出版社，2004. (7)余贤皓. 中国古代文学作品选[M]. 北京：高等教育出版社，2006. (8)简宗梧. 文学的御花园——文选[M]. 北京：线装书局，2013. (9)袁行霈. 中国文学史(第一卷)[M]. 北京：高等教育出版社，1999. (10)葛晓音，周先慎. 中国古代文学作品选注(第二版)[M]. 北京：北京大学出版社，2013. (11)叶嘉莹. 叶嘉莹说汉魏六朝诗[M]. 北京：中华书局，2015. (12)姜光斗. 中国古代文学(第三版)[M]. 上海：华东师范大学出版社，2010.

※译文

走啊走，走啊走，一直都在不停地走，就这样和你生别离。

从此你我相隔千万里，我在天这边你在天那边。

路途艰险又遥远，哪知何时再相见？

北方的马依恋北风，南方的鸟建巢也要建在向南的树枝。

彼此别离越来越久，衣带渐宽人消瘦。

浮云遮住了太阳，游子不再有回来的念头。

思念你让我身心憔悴，又是一年要到年底。

这些心里话就不多说了，只愿你多保重切莫受饥。

※解读

流浪，是人性的特质

作为《古诗十九首》的第一首，《行行重行行》的意义不同寻常。

古今中外的经典之作开篇，皆不同寻常，如《诗经·关雎》："关关雎鸠，在河之洲。窈窕淑女，君子好逑。"《论语·学而》："学而时习之，不亦说乎？有朋自远方来，不亦乐乎？人不知而不愠，不亦君子乎？"《道德经》："道可道，非常道；名可名，非常名。"列夫·托尔斯泰《安娜·卡列尼娜》："幸福的家庭都是相似的，不幸的家庭各有各的不幸。"狄更斯《双城记》："这是最好的时代，这是最坏的时代；这是智慧的时代，这是愚蠢的时代；这是信仰的时期，这是怀疑的时期；这是光明的季节，这是黑暗的季节；这是希望之春，这是失望之冬；人们面前有着各样事物，人们面前一无所有；人们正在直登天堂，人们正在直下地狱。"小仲马《茶花女》："我认为只有深刻地研究过人，才能创造出人物，如同只有认真地学习了一种语言才能讲它一样。"塞缪尔·贝克特《莫菲》："太阳照常升起，一切都没有改变。"

这些，第一眼就说尽人世沧桑，古往今来。

《行行重行行》之所以能够引领《古诗十九首》全篇，是在于它的两个主要指向："行行重行行""游子"，深刻地隐喻了人在天地间，一直在路上的生存状况。

"行行重行行"，五字连叠四个"行"，"行行"言其远，"重行行"言其极远，兼有时间的久远。五个字，不仅指空间，也指时间。复沓中显出迟缓、疲惫，沉重而压抑，奠定痛苦伤感的基调。

不停地在路上——从长大成人那时起，每个人就开始奔波，不断走向他乡，走向山林，走向田野，走向考场，走向官场。既是为衣食住行，为生存目标不断上路的劳碌人，又是孤独的精神流浪者。

从古至今的"游子"，不仅指异乡人，指客居他乡的行者，也是一种隐喻——人类的"精神流浪"现象。

在本诗中"游子"的漂泊行踪里，汇聚了一个汉末士子作为生存个体的痛苦与欢乐、悲伤与追求，也隐藏了人类群体的生活状态、精神实质、精神实景。像一滴水，透射了人类的诗意怀想与挫折悲伤：向着远方，慷慨而悲伤地上路。他奔波在外，与亲友别离，相隔天涯，会面无期，家中的妻子因牵念忧愁交加，怕他受苦，也怕他不回家，怕时光飞逝，也怕他抛弃她。尽管各种念头不断闪过，她还是要自我宽慰，以求释怀，以便自己照顾好自己。

"游子"之苦，哪里是一个人的苦？分明是所有人的苦。

人的精神总是在路上，人性的特质是流浪。

游子，一种生存状态

"游"的生存状态有两层含义：一是生活状态处在"游"之中，或是出外谋生，或是拜谒名人，或是游名山大川，或是博取功名；二是精神处在“游”之中，人总是不满足，总是这山看着那山高，期望“提升”自己，期望精神不断走向高处，不断寻求新的心灵之家。

人类群体中“游子”的产生，源于人寻找的本能愿望，源于对天、地、人的叩问。因为人最根本的愿望不是认识宇宙，而是认识自己。尼古拉·别尔嘉耶夫在他的《人的奴役与自由》中总结道：“遍历痛苦之万劫，人渴求知道：他是谁？他从哪里来？他将归向何方？”

基于此，人的困惑，很大程度上不是探究世界和“我”现在是什么样子，而是追问世界和“我”为什么会成为现在的样子。仅仅知道自己活在什么状态下，是不够的，人还要知道自己活着的意义是什么。

人对家园的寻求，最终是为了找到一个安身立命之所，让自己消除眼前的困惑，能够从容地面对外部世界，纷乱和庞杂的外部世界。因此，“生活在别处”，就成了人类的一种幻想，一种“流浪情结”。

作为《行行重行行》中的“游子”，一直在路上，实际上就是一种象征，喻指的是漂泊的人类精神：为了所谓的“意义”，人不愿停留在现有的“家”中，不愿长久停留在一个地方。

人的精神特点就是探求不止，永无安宁。而精神的这种不安，正在于它要为自己求安。

所以，虽然流浪的旅程充满了艰辛和坎坷，孤独和凄楚，让家中的父母妻子万般念挂，他却无法止住流浪的脚步。就像哲学家们总结的那样，人之所以到处走，是因为人的精神“永远在路上”。

在孤独中前行，人类的心灵实景

诗中的“游子”，不断行走在路上，也是一种常见的生活实景，一种常见的生命体验。身体的奔波不停之苦，在凄楚的文字下，渗透了多种生命悲剧感。

一是漂泊感。这个“游子”和亲友离别万里，职业不固定，生活不固定，不停东奔西走。漂泊，不只是一种生活，更是一种精神。也许为了功名利禄，为了光宗耀祖，为了家国天下，他心中有一份渴望和信念，但缺少终极性的皈依，一直游离在故乡和他乡之间、理想和现实之间、回归与彷徨之间。

二是边缘感。正因他缺少终极性的皈依，在不断行走的同时，也带上了自我放逐的印记。“胡马依北风，越鸟巢南枝。”在自我放逐般的漂泊里，他或者苦旅在路，或者求索在都城，或者潜心研诗书，却始终距离心灵家园甚远，处于自以为的社会边缘。

三是孤独感。这个“游子”的孤独仿佛与生俱来，宛如千千万万长大后必然上路的“游子”一样，各种原因的驱动，让漂泊在外成为一种宿命。在尚未找到他最终的心灵皈依之前，孤独感会一直存在。

正是因为作为“游子”的这种隐喻——它是人类的精神流浪现象，也是常见的生活实景，所以才会扣动人心扉，引人共鸣。

向往还乡，人类的诗意怀想

对所有的“游子”来说，“生活在别处”不是终极目标，终极的目标是在历经漂泊之后的“回家”！

自古至今，无论人怎样执着于理想，执念于目标，最终的归宿还是“回家”。“回家”的渴望一直伴随人类的精神旅程。不管是贵为帝王，还是贱为草根，不管千里之外，还是近在临乡，人灵魂深处闪烁最频繁的一个念头就是：“回家”！

但是，作为“游子”的作者却以巧妙的方式表达这种渴望——他描绘家中人牵念他，盼望他，叮嘱他的情形。因此，此时的“故乡”，已不再是一所房子，一个家，而是一种感人的情怀和温馨美好的象征。

于是，我们在“游子”的文字里，看到了一种类似于黑白照片的诗意构想——家中的女子为他衣带渐宽，容颜憔悴；朝思暮想，担惊受怕；容颜衰老，青春不再；宽怀大度，只望他安好。

忧伤深远的文字，徘徊无助的状态，澄明凄清的情怀，“游子”由此观照了现状中的自己和过去离乡、未来的回乡，实现了精神暗接和对话。

此时游子的渴望“回家”，不只是现实行为，更是精神回家。在如此的境界里，他实现了心灵休憩和理想烛照，也指向未来回家的理想情怀。

《行行重行行》里的“游子”，作为文学意象，映照了人类的精神流浪现象，人类生存的精神实景，以及永远的诗意怀想，引领我们走进他的精神和心灵。进而，也让我们反观自己，在一种近于玄思的境界中，观照人类的喜怒哀乐，漂泊与回乡，体会《古诗十九首》暗含的那种行走在漫漫人生路上的亲切力量。

绘　刘德贵(上海开放大学人文学院文学艺术系教师)

青青河畔草

青青河畔草,郁郁①园中柳。
盈盈②楼上女,皎皎③当窗牖④。
娥娥⑤红粉妆,纤纤⑥出素手。

昔为倡家[7]女，今为荡子[8]妇。

荡子行不归，空床难独守。

注释

①郁郁：茂盛的样子。②盈盈：形容举止、仪态美好。③皎皎：皎洁，洁白。④牖（yǒu）：古建筑中室与堂之间的窗子。古院落由外而内的次序是门、庭、堂、室。进了门是庭，庭后是堂，堂后是室。室门叫“户”，室和堂之间有窗子叫“牖”，室的北面还有一个窗子叫“向”。上古的“窗”专指在屋顶上的天窗，开在墙壁上的窗叫“牖”，后泛指窗。⑤娥娥：形容女子姿容美好。⑥纤纤：轻盈、轻快；这里形容女子的手小巧或细长柔美。⑦倡家：古代指从事音乐歌舞的乐人。⑧荡子：即游子，辞家远出、羁旅忘返的男子。

译文

河边草地青青，园中柳树葱葱。

站在绣楼上的那个盈盈女子，倚在窗边如皎皎明月照人。

她妆容娇美艳丽，纤纤柔指扶窗眺望远方。

这个昔日的卖唱歌女，如今已嫁给游子为妻。

远行的游子长久不归，丢下她独守空房寂寞难忍。

解读

浪子与人间图像

这首诗的关键词是“荡子”，一切都由这个关键词“辐射”开来。

在中国古代，“荡子”用来称呼两种人，一是辞家远出、羁旅忘返的男子，也称游子。二是指游手好闲，不务正业的人，又叫浪子。

在西方文化中，什么是浪子？浪子就是这样的人：没有家，没有目标，没有方向，不懂什么是爱，什么是自由，什么是美丑，什么是善恶，就像幽灵一样在外飘荡。

而浪子心中，也是一片迷惘，没有真正的欢乐，灵魂被掩埋在声色犬马、灯红酒绿、酒肉朋友的虚情假意中。最终的结局，必然是内外被剥夺一空，变成食不果腹的流浪汉。

在我们的现实生活中，有多少人也是这样。

世间，有两种浪子

顾城说："命运不是风，来回吹，命运是大地，走到哪你都在命运中。"

"圣路加福音，15:1～3;11～32"给世人讲述这样一个与生俱来的命运指引：人类的始祖亚当，其实是流浪的第一人。被逐出伊甸园后，他就是浪子了。他将流浪的生活模式，一代一代传递给他的子孙们：人，总是在路上；心，常无所皈依。

他的两个儿子，呈现的就是两种流浪状态：低级的和高级的，外在的和内在的，有目标的和漫无目的的。

世间的人，就是走着两种流浪路，就像加音和亚伯尔、亚巴郎和罗特、依撒格和依市玛耳、雅各伯和厄撒乌，以及若瑟和他的弟兄们一样。

在文学作品中，唐·璜是浪子里那种低级的、外在的、有目标的代表。他胆大妄为、厚颜无耻，利用自己的魅力欺骗了许多人。

奥涅金，是浪子里那种高级的、内在的、漫无目的的代表，是一个对生活厌倦，对现实不满的贵族青年，一个徒有叛逆愿望的叛逆者。

在现实生活里，古今中外，东西南北，这两种流浪者比比皆是。

低级的流浪者，大多寄生在物质繁荣，生活舒适，富裕社会里，他们看上去低级腐烂、令人生厌，或者衣衫褴褛、蓬头垢面，所谓"生于忧患，死于安乐”。

《青青河畔草》中的荡子就是这一种。

而有的人，他的浪子状态不易被人发觉，因为他是一种内在的流浪，外表上没有什么表露，看上去是很好的人：循规蹈矩，恪尽孝道，一个十足的好人。可是，人所不知的是，就是因为他的好，成了他的痛苦，成了他的障碍，成了他判断和批评别人的资本。他心灵空洞、思绪散漫、疲惫抱怨、苦痛压抑，总是莫名其妙地不快乐。

这种“流浪”，比另一种“流浪”更加可怜。

《青青河畔草》中的“荡子”不是这一种。

分离焦虑与身体缺席

巴尔扎克说：“小说，是一个民族心灵的秘史。”

岂止是小说，文学艺术都是人类心灵的秘史。

中国古代作品里，因为浪子而产生的怨妇诗很多，从第一部诗歌总集《诗经》就开始了。《卫风·伯兮》《王风·君子于役》《小雅·白华》《邶风·谷风》《卫风·氓》等都是早期怨妇诗的代表，或因离别而怨，或因相思而怨，或因被弃而怨。其后，南朝《乐府诗集·子夜歌》《玉台新咏·上山采蘼芜》，唐代沈如筠《闺怨》、郑遂初《别离怨》、李白《春思》皆是此类篇章。

由浪子而产生的怨妇诗，表面上是日常生活中众多女子，因浪子长久不归的爱情婚姻痛苦，但精神深处，则是源于人类的“分离焦虑”这一文化情结。

各种亲密关系，恋人之间、夫妻之间、父母与儿女之间、兄弟之间等等，都会因分离激活“分离焦虑”。如《诗经·王风·采葛》描绘恋人之间的分离焦虑情绪体验：“一日不见，如三月兮。”“一日不见，如三秋兮。”“一日不见，如三岁兮。”

亲密关系分离时间长短，与焦虑情绪程度成正比；焦虑情绪程度又和忧伤情绪强度成正比。分离时间越长，焦虑情结越强，忧伤情绪越重，所集聚的“忧”等情感能量越来越多。《诗经·小雅·采绿》《诗经·卫风·伯兮》，都把由分离导致的焦虑，通过外貌描写展现出来，甚至明确表示由分离导致的思念，已经变成一种心理疾病：“愿言思伯，使我心痗。”

更深一层，分离而导致的焦虑情结，主要是由于丈夫或妻子“身体上”的缺席而产生。《诗经·召南·草虫》形象生动地写出了这种由“未见君子”的忧，到既见君子的喜。迅速转化的心理状态如下：“未见君子，忧心忡忡。亦既见止，亦既觏止，我心则降。”“未见君子，忧心惙惙。亦既见止，亦既觏止，我心则说。”“未见君子，我心伤悲。亦既见止，亦既觏止，我心则夷。”

正是经典作品对“分离焦虑”这种文化情结的记录、描绘、觉知，中华民族的文化心灵中，才有那么多重视恋人、夫妻之间的相聚团聚情怀，盼归、念家、团圆，纵使相距千万里也要回家，成为人生美好的共同期盼。

从这个层面说，《青青河畔草》具有展现人类隐秘心灵文化的永恒价值。

忧生意识与及时行乐

绘　刘德贵（上海开放大学人文学院文学艺术系教师）

青青陵上柏

青青陵①上柏，磊磊②涧中石。
人生③天地间，忽④如远行客⑤。
斗酒⑥相娱乐，聊厚不为薄⑦。

驱车策驽马[8]，游戏宛[9]与洛。

洛中何郁郁[10]，冠带[11]自相索。

长衢[12]罗夹巷[13]，王侯多第[14]宅。

两宫[15]遥相望，双阙[16]百余尺。

极宴[17]娱心意，戚戚何所迫[18]。

⁑注释

①陵：本来专指帝王的坟墓，此处指大的土山或墓地。②磊：石头很多的样子。③生：生长，生活。④忽：本义为不重视、忽略，此处指快速的意思。⑤远行客：比喻人生短暂如寄于天地的过客。⑥斗酒：指少量的酒。⑦薄：指酒味淡而少。⑧驽马：本义为劣马，比喻才能低劣。⑨宛：南阳古称宛，位于河南西南部，与湖北、陕西接壤，因地处伏牛山以南，汉水之北而得名。⑩郁郁：盛貌，形容洛中繁盛热闹之象。⑪冠带：顶冠束带者，指京城里的达官显贵。冠带是官爵的标志，用以区别于平民。⑫衢：四达之道，即大街。⑬夹巷：夹在长衢两旁的小巷。⑭第：本写作“弟”。本义为次第、次序，此指大官的住宅。⑮两宫：指洛阳城内的南北两宫。⑯阙：古代宫殿、祠庙或陵墓前的高台，通常左右各一，台上起楼观，二阙之间有道路。亦为宫门的代称。⑰极宴：尽情享乐。⑱戚：忧思。迫：逼近。

⁑译文

陵墓上柏树青翠，溪流里石头成堆。

人活在天地间，宛如匆匆远行过客。

区区斗酒足以娱我心意，虽然不多却胜过豪华筵席。

驾起破马车赶着我的劣马，照样可以在宛洛之间游戏。

洛阳城里繁华热闹，达官贵人彼此走访探视。

大路旁边夹杂着小巷，到处可见王侯宅第。

南北宫殿遥遥相望，两宫的望楼高达百尺余。

达官贵人看上去在纵情享乐，实际上满面忧愁像是被什么迫使。

※ 解读

先民感知时间的奥秘

日常生活中，我们上一节课，喝一杯茶，走十里路，然后就明确知道我们的时间，或者 45 分钟，或者 10 分钟，或者 1 个小时，就过去了。和别人说起做这些事情的时间长短，会说“一节课的辰光”“一杯茶的光景”“走十里路的时间”。

但是，有科学研究者提出，人类所感知的“时间”，是一种错觉，“时间”其实并不存在。

而且，300 年前牛顿就在自己的作品中说起过，时间只是一种虚拟的存在，宛如数学公式，纵然能够使用，但并不存在。所谓时间，只是人虚拟的一个概念。人用这个概念来理解世界，它只是人类的一个衍生产品。

这，是否应和了《金刚经》的“凡所有相，皆是虚妄”？

这首《青青陵上柏》的精妙之处，首先在于开篇“青青陵上柏，磊磊涧中石”二句，揭示了我们古代先民感知时间的奥秘：参天地万物。一个生性敏感的士子，看到陵墓上青翠的柏树，溪流里成堆的石头，心里清楚，它们在他出生之前就在那里了，在他死之后依然在，相较之下的人，一辈子太短暂了，就是个匆匆过客。

这恰恰与科学研究的结果相呼应——对人而言，所谓的时间，本质上是用来定义周围事物变化、自身变化的一个标量。在周围事物变化和自身变化之间，人又是以周围事物的变化为标杆，来觉察自身变化的。所谓“树犹如此，人何以堪”！

及时行乐与对抗死亡

人觉察到自身的变化，就会觉察到人生短暂，青春易逝，衰老是一种必然。

而老的近旁，是死亡。

面对死亡，你可以假装不在意，你心底却不能不畏惧。

《青青陵上柏》中这个悲伤的士子，在领悟到“人生天地间，忽如远行客”的时候，心底在兀自颤抖：

我来这个人间，我离开这个人间，其实都不是我做得了主的。不管我坐的什么船，该下船的时候就得下船，由不得我。

我悲伤，我欢唱；我钟情，我重情；我渴望功名，我追求享受；我害怕失败，我害怕未完成；我心疼白发的爹娘，我为他们的风烛残年心酸——我所有的忧惧、担心、留恋、执着，都是因为我会死，我也怕死。

这种忧生意识，催生了及时行乐的价值取向和实际行动。

闪光灯记忆下

科学家在研究人的日常记忆过程中，发现人的记忆可以按照几个维度划分。第一种是时间维度：回溯性记忆、前瞻性记忆。第二种是方式维度：语义记忆、情景记忆。第三种是主体维度：叙述性记忆、自传体记忆。

第一种，从时间维度划分。回溯性记忆：从时间的维度而言，回溯性记忆就是对关于过去的事件，或之前学习过的材料的记忆。前瞻性记忆：指的是记得执行将来的计划和行动，这不仅是一个以目标为导向的活动，而且这些活动带有等级层次。前瞻性记忆的特点：其一，它是有意图的记忆，即个体必须打算执行某一任务；其二，个体必须记得给自己一个线索来执行任务。

第二种，从方式维度划分。语义记忆：记得过去，并针对过去用言语进行交流，是人类独特的经验。只有人类才会以有意识的和自我反思的方式，在心里旅行到过去。文学中的原始歌谣，就是源自人类相互之间就自己的经验，进行的沟通和交流。情景记忆：又叫情节记忆。指关于某一特定时间，某一特定地点，发生的特定事件或片段的记忆。情景记忆中存储有时间顺序的情景和事件，以及与之相关的时间、空间信息。其实这是一种类型的觉察，当一个人思考到过去的某一特定时刻，并有意识地回忆某些之前的片段或状态，达到集中在一起的效果。

第三种，从主体维度划分。叙述性记忆：叙述性记忆是指对有关事实和事件的记忆，它可以通过语言传授、个体经历体验获得。自传体记忆：指对个人复杂生活事件的混合记忆，与记忆的自我体验紧密相联。自传体记忆基本上等同于情景记忆或情节记忆。它是关于个体过去经历的特定事件，或情节的回忆。自传体记忆和情景记忆或情节记忆细微的区别是，自传体记忆是个人生活事件的记忆，是发生在特定空间和时间的特定事件，包含着视觉、听觉、嗅觉意象或身体感觉，具有很强的细节场景感。情景记忆则叙事较为简单，多为复述同一事件，在字、词、句上做一点变化等。

自传体记忆的一个重要形式，叫闪光灯记忆。顾名思义，闪光灯记忆的特征就像闪光灯闪现一样，把个体自身经历的有关事件，一一呈现出来。闪光灯记忆的重要之处，是记述着能够记住事件发生时，自己的活动细节，如在哪里，在做什么，什么状态等。

《青青陵上柏》作者在这里写下的，就是有关他“及时行乐”这一思想的事件，像电影镜头一样一一闪现，成为一组闪光灯画面：

(1) 某一天，他一个人来到郊外墓地，独立苍茫，俯仰兴怀。仰望山上古柏青青，四季苍郁，俯瞰涧中众石磊磊，千秋不灭。

(2) 他忽然心生一念：无数生于天地之间的人，却像出远门的旅人，匆匆忙忙，迅速离去。

(3) 及时行乐场景之一：纵酒取乐——“斗酒”虽“薄”，也可娱乐，且纵酒！酒虽少，却胜过豪华的宴席。

(4) 及时行乐场景之二：驾车出游——驽马虽劣，也可出游，且远行！马虽不是骏马，照样可以游戏宛洛之间。

(5) 及时行乐场景之三：畅行洛阳，享受它的一片繁华，和达官贵人相互探访，极尽锦衣玉食！

(6) 及时行乐场景之四：穿行在大街小巷，走在王侯第宅近旁，心中有几分得意扬扬！

(7) 及时行乐场景之五：远眺帝王两宫，遥望双阙高耸，暗生几分趾高气扬！

(8) 及时行乐场景之六：莫名一念升起，这极尽的欢娱，这纵情的情形，能有几时？宛若刘彻所悲歌的那样——“欢乐极兮哀情多。少壮几时兮奈老何！”

一念起，万水千山；一念灭，万物成灰。

值得注意的是，作者在描绘自己及时行乐时，作为享乐的内容，主要是围绕纵酒、游乐、走街串巷、远眺豪华住宅等感官享乐来安排的。精神层面却是，忧愁压抑，戚戚有所迫。所有的美酒游宴之乐：

车马驰驱、自在逍遥、锦衣玉食、富贵荣华等，带有浓郁的平民化特征。

但这一切，却在一念哀情起的时刻，戛然而止，被自我完全否定了。这样大的思想情感，使得先秦时代以《诗经》为代表的及时行乐——那种贵族气势和排场，转向了平民化，也更加贴近平民和世俗。纵然乘弊车，驾驽马，普通人也一样可以怡然自乐。

同时，也体现了诗人忧生意识和及时享乐情怀。因为感到人生短促，稍纵即逝，所以用及时行乐来弥补缺憾，纵情娱乐。但这无论如何也弥合不了内心深处的忧戚伤怀。

因而，诗章内部都有双重的情感结构，一层是乐，一层是哀，表面旷达、乐观、豪放不羁；深层潜藏的，则是抑郁、沉重、悲伤。

于士人而言，如《青青陵上柏》这样由忧生意识催生的及时行乐情怀，隔断了求仙得道幻想，也斩断了建功立业的理想。在耗损自我生命能量，虚度生命时光的同时，也显示了对人生存在的珍视，对生活快乐及时把握的觉醒。

绘　刘德贵（上海开放大学人文学院文学艺术系教师）

今日良宴会

今日良宴会①，欢乐难具陈②。
弹筝③奋逸响④，新声⑤妙入神⑥。
令德⑦唱高言⑧，识曲听其真⑨。

齐心同所愿，[10]含意俱未申[11]。
人生寄一世，[12]奄忽[13]若飙尘[14]。
何不策高足[15]，先据要路津[16]？
无为守穷贱，[17]坎坷[18]长苦辛。

⁂注释

①良宴会：犹言热闹的宴会。良，善也。②难具陈：犹言难以一一述说。具，备也。陈，列。③筝：乐器。④逸响：不同凡俗的音响。⑤新声：指当时最流行的曲调，或指西北邻族传来的胡乐。⑥妙入神：乐调旋律达到高度的完满调和。⑦令德：有令德的人，这里指知音者。令，善也。⑧唱高言：犹言首发高论。唱，古作“倡”，这里泛用于言谈。⑨真：谓曲中真意。指知音的人不仅欣赏音乐的悦耳，更能用体会所得发高论。⑩“齐心”句：下面感慨为人人心中所有。同，一致。⑪申：表达出来。⑫人生寄一世：意思是指人的生命短促。出自曹丕《善哉行》：“人生如寄，多忧何为。”⑬奄忽：急遽。⑭飙(biāo)尘：指狂风里被卷起来的尘土，以此比喻人生，言其短促、空虚。⑮策高足：就是“捷足先得”的意思。高足，良马的代称。⑯据要路津：是说占住重要的位置。要想“先据要路津”，就必须“策高足”。路，路口。津，渡口。⑰“无为”句：不要守贫贱，是劝诫的语气，与“何不策高足”的反诘语气相称，表示一种迫切的心情。⑱坎坷：指困顿，不得志。

⁂译文

今天的美宴会真是好，个中欢乐一言难尽。
筝曲弹奏得奋激飘逸，时尚乐曲让人出神入化。
美德之人以乐曲代言高论，知音者总能领悟其中真意。
乐曲所达是共同的心愿，只是没有谁把那真意说出来。

人生如寄一世的飘尘，刹那间就会随风吹去。

何不想办法捷足先登，先占据高位安享荣华富贵？

不要为贫贱所困忧愁失意，不要因不得志苦苦煎熬自己。

解读

无戒无惧者，必将路断悔迟

中国古代文化中有一种警惕意识，就是常常提醒人们要有敬畏之心，因而创造了一组意思相近的词，要人忌讳得意忘形之态：得意扬扬、踌躇满志、忘乎所以、自我陶醉、窃时肆暴、眉飞色舞、耀武扬威、忘其所以、自鸣得意、趾高气扬、高视阔步、狂妄自大、不可一世、自命不凡、忘乎其形等。

历史上有许多警惕志得意满的案例，都被记录下来：

宋代陆九渊警告时人："当无道时，小人在位，君子在野，小人志得意满，君子阨穷祸患，甚者在囹圄、伏刀锯、投荒裔。"①

元代施惠的杂剧《拜月亭·推就红丝》则写得推心置腹："兄弟，所喜者志得意满，身显名扬；所悲者家园荡废，琴瑟凄凉。"②

尚仲贤的杂剧《汉高祖濯足气英布》一折："今汉王大败亏输，项王意得志满。"③

清初褚人获的小说《隋唐演义》第九二回借笔下的人物之口说："既克长安，志得意满，纵酒婪财，无复西出之意。"④

黄宗羲也直笔书写："一第进士，便意满志得，以为读书之事

① 曾枣庄，刘琳. 全宋文[M]. 上海：上海辞书出版社，2006.

② 王薇. 元杂剧精选[M]. 太原：三晋出版社，2008.

③ 王薇. 元杂剧精选[M]. 太原：三晋出版社，2008.

④ 褚人获. 隋唐演义[M]. 北京：人民文学出版社，2007.

毕矣。”①

但凡志得意满而又不听劝，一意孤行走下去的，结局都比较悲惨。

古希腊故事中，长达十年的特洛伊战争让无数英雄和战士倒下。智慧的奥德修斯想出木马计，终于让希腊英雄们战胜归国。但是，因决定性战功而沾沾自喜的奥德修斯无意中惹恼海神波塞冬，其代价是奥德修斯的船队在回家的途中经历种种险情和风暴，船员们悉数遇难……

中国古代的人因得意忘形而结局悲惨的数不胜数，最典型的属汉灵帝时候的何进。何进本是何皇后的哥哥，官至大将军。而自从他妹妹当了皇后，自己当了大将军后，得意忘形，不听劝诫，最后被宦官害死。清代大将年羹尧，仗着军功卓著，特别是青海平定之后，常常表现得不可一世，进而做出了许多超越本分的事，最终招致雍正的警觉和忌恨，以致家破人亡。

普通小人物志得意满时是什么样？看看这首诗就知道了。

面对眼前堆满的美酒佳肴、耳旁飞扬的音乐，主人公满心欢喜、兴致勃勃地畅言：

今天的宴会真是美极了，这种欢乐的场面说也说不完。

这首筝曲多飘逸，这是最时髦的曲子，简直弹得出神入化。

有美德的人以乐言志，只要是知音，就能听出其中真意。

乐曲的真意，是我们共同的心愿，只是谁都不愿直接说出来。

人生像寄旅，一世如尘土，刹那间就会随风消散。

---

① 黄宗羲，吴光. 黄宗羲全集[M]. 杭州：浙江古籍出版社，2012.

为什么不想法捷足先登？高居要位就能安享荣华富贵！

不要为了贫贱忧愁失意，不要为了不得志苦苦煎熬自己！

日常生活中就是有这样一些人，遇到一点开心的事，就滔滔不绝、妄自尊大、志得意满，好像瞬间变成国王，富甲天下，俨然就是人生赢家。

却不知，凡志得意满、无戒无惧者，终将路断悔迟。只因为，志得意满乃是人生的一口暗井。

人格面具，谦虚谨慎与彬彬有礼

什么是人格面具？人格面具的本义，是为了让演员能扮演某种角色而戴的角色面具。在荣格心理学中，人格面具又叫顺从原型，是一个人公开展示的一面，目的是为了给人好印象，得到社会认可。

每个人都有人格面具，在童年早期就开始形成了，具体表现就是遵从父母的期望、亲友的期望、同伴的期望、老师的期待。从极小的婴儿时期，我们就能懂得我们的哪些态度、哪些行为受欢迎，可能得到嘉奖，哪些不受欢迎，会导致惩罚。于是，慢慢地，我们就会把受欢迎的特质构建到人格面具中去，把不可接受的特质藏匿起来或压抑下去。

但是，这些不受欢迎的部分并没有烟消云散，随着我们长大成人，在走向成熟的过程中，它们通常被置于个人潜意识中了，然后，形成情结，荣格称之为阴影。

谦虚谨慎、戒骄戒躁、彬彬有礼的人格面具，对于中国人来说，最大，也最重要，父母、亲友、老师以至所有人，都在对我们“耳提面命”。

可是，“可以稍微有点夸张地说，人格面具实际上就是并不存在的那个自己，但这个人自己以及其他人却认为他就是这样的”。①

人格面具的好处在于它是人类生存的必需，能够保证我们与他人，包括那些我们并不喜欢的人和睦相处。

而且，每个人都不止一个面具，有很多面具被我们戴着到处走，在不同场合、不同角色下，不停更换。工作时、交友时、居家时、运动时、旅行时、做儿女时、做父母时、做伴侣时……各有一副面具。所有这些面具的总和，构成了每个人的人格面具。

人格面具的坏处也很明显。当一个人过分热衷自己所扮演的角色，沉湎其中难以自拔，就会过分认同人格面具，人格的其他方面就会受到排斥。更进一层，当一个人自我认同于自己的人格面具，以人格面具自居、自豪时，就是“膨胀”了。

更有甚者，此时的人会由于充当某种角色而自感成功，骄傲自大，不知不觉地要求他人向自己看齐。就像有的父母，会把自己的人格面具强加给子女，导致子女的不幸一样。

同时，每个人心底又对人格面具有不同程度的厌烦、不认同的一面，因为受它的压抑而生反叛心理。

于是，如果偶尔有那么几个特殊的契机，可以让人扯下面具，尽情露出反叛谦虚谨慎、戒骄戒躁、彬彬有礼人格面具的那一面——志得意满、自以为是、得意扬扬、高高在上，如同国王，会怎样呢？

《今日良宴会》的主人公就有了一次这样的契机：有一天，高朋满座，欢乐至极，他喝多了，一股脑儿想把开心的情绪全部表达出来。美酒佳肴，时尚音乐，好友都在，人生虽短，但有你有我，有功名，有高位，荣华富贵尽由我们享受！

---

① 高岚. 荣格全集(第9卷上部)[M]. 长春：长春出版社，2014.

就在此时，志得意满这道心灵的暗井又把他陷进去了。

自性化与灵魂炼金

一个人如何最终成为他自己，成为一种整合或完整的，但又不同于他人的发展过程？荣格使用了“自性化”这一概念。

自性化，意味着人格的完善与发展，意味着接受和包含与集体的关系，意味着实现自己的独特性。

站在心理学高度，审视中国古代文学，审视中国文化心理，尝试从这首《今日良宴会》开始。

《今日良宴会》的主人公身上，很大程度上有我们自己的影子：“对酒当歌，人生几何？譬如朝露，去日苦多。慨当以慷，忧思难忘。何以解忧？唯有杜康。”

当我们得意扬扬、踌躇满志、忘乎所以、自我陶醉、眉飞色舞的时候，就像一个小丑，不知天高地厚，不知道自己是谁，看上去就让人生厌。

但是，细想一下，除了极少数人，一般人都很少如此。除非是喝多了，兴奋到极点了。

再继续深挖，这时候的我们，又可能恰恰是最贴近我们本色的。人人都想成为自己的王，也想成为别人的王，这是我们内心深处的潜在的愿望。

只是，这种潜在的愿望带着忽略天地万物、物我关系的色彩，是所谓的不知天之高也，地之厚也。

再深一层去反身观照，会发现我们之所以如此，是因为它是对谦虚谨慎、戒骄戒躁、彬彬有礼等文化面具压抑的反抗。所谓哪里有压迫，哪里就有反抗。

联系这首诗的主人公，此时高歌猛进的他，何尝不是过度膨胀的人格面具的受害者？他和他的同类人，通常都是所谓有地位、名利双收的人。他们正值荣华富贵时，却突然发现生命短暂，生活异常空虚，找不到生命的终极意义，没有真正的灵魂皈依，也即所谓人生危机。

除了美酒佳肴、宴享音乐，显达高位似乎并未带来什么深刻的意义。至此，他们才意识到，自己的情感和兴趣是多么空洞、虚妄。

人的一生，谦虚谨慎、戒骄戒躁、彬彬有礼等人格面具该如何建构？如何消解？又该如何淡化一不当心就会冒出来的得意扬扬、踌躇满志、忘乎所以的心灵阴影？在人格面具与心灵阴影的激烈交战中，我们该如何一步步走向自适、自洽、自性的圆融人生？

还是要回到刻在希腊圣城德尔斐神殿上那句古老的忠告："认识你自己！"

要认识人的本质，认识自己的特性，认识自己的真正价值，清楚内隐的自己，不是一件容易的事。

用荣格的话来说，这意味着要克服我们的文化环境和家庭所施加的影响，脱去"人格面具虚假的外包装"，放弃自我防御，并不是把阴影投射到他人身上，而是努力认识它，让自己的不同人格之间达成和解。

每个人的自性化，始终在路上；灵魂炼金，道阻且长。

绘　刘德贵(上海开放大学人文学院文学艺术系教师)

西北有高楼

西北有高楼，上与浮云齐。
交疏结绮窗，[1]阿阁三重阶。[2]
上有弦歌声，音响一何悲！

谁能为此曲，无乃杞梁妻。③
清商④随风发，中曲⑤正徘徊⑥。
一弹再三叹，慷慨⑦有余哀。
不惜⑧歌者苦，但伤知音稀。⑨
愿为双鸿鹄⑩，奋翅起高飞。⑪

注释

①疏：镂刻。绮：有花纹的丝织物。这句是说刻镂交错成雕花格子的窗。②阿(ē)阁：四面有曲檐的楼阁。这句是说阿阁建在有三层阶梯的高台上。③无乃：是"莫非""大概"的意思。杞梁妻：杞梁妻的故事，最早见于《左传·襄公二十三年》，而后多有书籍记载。据说齐国大夫杞梁，在出征莒国中，战死在莒国城下。其妻临尸痛哭，一连哭了十个日夜，连城也被她哭塌了。《琴曲》有《杞梁妻叹》，《琴操》传说是杞梁妻所作。《古今注》里说是杞梁妻的妹妹朝日所作。这两句的意思是：楼上谁在弹唱如此凄婉的歌曲呢？莫非是杞梁妻那样的人吗？④清商：乐曲名，声情悲怨。清商曲音清越，宜于表现哀怨的情绪。⑤中曲：乐曲的中段。⑥徘徊：指乐曲旋律回环往复。⑦慷慨：感慨、悲叹的意思。《史记·项羽本纪》有"于是项王乃悲歌慷慨"。⑧惜：痛。⑨知音：识曲的人，借指知心的人。相传俞伯牙善鼓琴，钟子期善听琴，子期死后，伯牙再不弹琴，因为再没有知音的人。这两句是说，我难过的不只是歌者心有痛苦，而是她内心的痛苦没有人理解。⑩鸿鹄：据朱骏声《说文通训定声》释："凡鸿鹄连文者即鹄。"鹄，就是"天鹅"，一作"鸣鹤"。⑪高飞：远飞。此二句以双鸿鹄比喻情志相通的人，意谓愿与歌者同心，如双鹄高飞，一起追求美好的理想。

译文

西北方矗立着一座高楼，巍峨高耸足以和浮云齐高。

高楼上镂花的木条交错成绮文窗格，四周高翘的阁檐建在有三重阶梯的高台上。

楼上飘来弦歌声，响亮之音让人悲伤至极。

弹奏此曲的是谁？一定是哭倒城楼的杞梁妻那样的人。

商声清越随风飘多凄凉，中曲便渐渐舒徐迟荡回旋。

一弹再弹如三叹，慷慨悲歌有余哀。

不为琴声的痛苦倾诉而怜惜，只为能懂的知音少之又少。

愿我们化作鸿鹄比翼双飞，振翅远去蓝天白云里。

⁑解读

窘迫失意时，人最多情

此诗的作者，是一位彷徨中的失意人。明明是政治上的失意，却偏偏要借助高楼听曲的场景说出来。

借古讽今、拐弯抹角、借题发挥、旁敲侧击、意在言外、含沙射影等等，都是中国文人惯用的“艺术”。

与其说是“艺术”，不如说是手法。

高压统治下，中国古代文人何曾有过独立人格。

活在东汉末年，正是君门深远、宦官当道的灰暗时代，志士深感报国无门，四顾茫茫人海，哀伤莫名。这种哀伤却不能说。恰好有一天，或者根本就不曾有这么一天，完全是作者的幻境：从那西北方向，隐隐传来铮铮的弦歌之音。他寻声而去，蓦然抬头，便已见有一座“高楼”矗立在眼前。凝视高楼，只见它富丽堂皇，非同寻常，刻镂着花纹的木条，交错成绮文的窗格；四周是高翘的阁檐，阶梯层叠三重，俨然帝宫气象，高峻巍峨，飘忽入云。紧接着，有弦歌之声从此楼高处飘下，音响悲切，哀情从天笼盖而下，似乎是当年杞梁妻哭杞都那般哀伤。诗人不觉黯然神伤，久久伫立，随着琴曲回环往复，悲恸再三。当高楼弦歌静歇的时候，楼下的他早已泪水涔涔，一面深叹人间知音稀少而难觅："不惜歌者苦，但伤知音稀。"一面在心底深情应和："愿为双鸿鹄，奋翅起高飞。"

窘迫失意时，人最多情。

窘迫，在古代，指的是处境艰辛，经济穷困。政治上没有出路，就是人生落寞的根本。古代作品对此直言不讳。孟郊《北郭贫居》："进乏广莫力，退为蒙笼居。三年失意归，四向相识疏。"进取仕途失败，就得退居寒舍茅屋。只要你失意而归，亲友都会疏远你。赵嘏《和令狐补阙春日独游西街》："此时失意哀吟客，更觉风流不可攀。"人一失意，下笔都是哀伤的，再也没了飞扬隽逸的文采。张籍《蓟北旅思》："长因送人处，忆得别家时。失意还独语，多愁只自知。"失意的人，比平时更想家，更念旧，更孤独，更觉无人理解。

政治得意，岁月花开；政治失意，飞沙走石。

中国古代文人之所以对政治情有独钟，以政治得失论成败，首先，根本原因就在于中国自古以来的官本位文化根深蒂固，学而优则仕的意识贯穿古今，当官，被看作是人生最大的成功。荣归故里，光耀门楣，世代官宦，是很多世代大家族的最高愿景。人人想当官，人人向往官场，人人都想进入官场，几乎成了一种集体无意识。

其次是因为政治在日常生活中的举足轻重。从先秦时代起，中国古代"普天之下，莫非王土；率土之滨，莫非王臣；大夫不均，我从事独贤"的政治口号一直在响着，统治意识，级别尊卑，深入民众的骨头里。

因此，宋代人赵恒这样写道："富家不用买良田，书中自有千钟粟。安居不用架高堂，书中自有黄金屋。出门无车毋须恨，书中有马多如簇。娶妻无媒毋须恨，书中有女颜如玉。男儿欲遂平生志，勤向窗前读六经。”[1]可见在中国古代，只要你读书做了官，可以实现人生有关富贵的一切愿望。

觅知音，深度自恋和狭隘

中国古代文人有浓郁的“觅知音”情结。

“知音”，本是说音乐鉴赏的，典出《吕氏春秋》。相传春秋时代的俞伯牙善鼓琴，钟子期善听琴，伯牙每次想到什么，钟子期都能从琴声中领会到伯牙所想。后来，子期死，伯牙再不弹琴了，因为再没有知音的人。

“知音”的故事感动了后人，但是，除了以“知音”形容朋友之间的情谊，善于旁敲侧击、无限拓展的文人，还把它用到了文学欣赏与批评、人格激赏与赞美上。

刘勰在《文心雕龙·知音》中说：“音实难知，知实难逢，逢其知音，千载其一乎。”从此，古代文人的知音观念更深切了。而“觅知音”的迫切，几乎到了病态的地步。

张爱玲说：“一个知己就好像一面镜子，反映出我们天性中最优美的部分来。”

反之亦然，我们对知己的渴求，也能反映出我们天性中最灰暗的部分。

我们不妨站在现代心理学的高度，解读这种现象。

“觅知音”的站位，是以自我为中心，寻找深度认同。其基础，是人的自恋。自恋，是指人自我陶醉的行为或习惯，人人皆有，如果没有到极端的地步，它是一种健康心理的重要元素。

---

① 北京大学古文献研究所. 全宋诗[M]. 北京：北京大学出版社，2019.

但是，自恋的边界很难把握，常常可能因为过度，变成病态，产生严重的人格分裂。在自信的积极态度的同时，带来夸张、自满、自负、自我或自私。

以“高山流水觅知音”故事案例来看，《列子·汤问》记载：伯牙是一位有名的琴师，技艺堪称天下第一。钟子期则善于欣赏音乐，无人匹敌。伯牙弹琴时，想着在登高山，钟子期就能从琴声中感受到巍峨大山。伯牙如果想着流水，钟子期又仿佛看到汪洋的江海。伯牙每次想到什么，钟子期都能从琴声中领会什么。有一次，他们一起去泰山北面游玩，游兴正浓时，突然下起了暴雨。他们到一块大岩石下避雨，伯牙心里突然涌起悲伤，就拿出随身携带的琴弹起来。由开始弹连绵细雨之声，到大山崩裂的声音，只要伯牙拨动琴弦，钟子期都能听出其中的真意。伯牙深深感叹：“真好，你能领悟出我弹琴时的所想和意境，我的琴声无论如何也逃不掉你的耳朵！”而后，钟子期死，伯牙痛失知音，摔琴绝弦，终生不弹，只留下了《高山流水》的曲子。

这个被世世代代盛赞的故事里，其实暗藏着一系列认知和情感的偏差。

(1) 我是最棒的，你知道我是最棒的，我的最棒只有你懂。

(2) 世界上没有几个人可以跟我匹敌，而且到目前为止，我只遇过你是像我一样棒的人。

(3) 大多数人达不到我的标准。

(4) 除了你，任何人都不配我为他付出我的专长。

(5) 也许我看起来会很傲慢，但是这没关系，只要别人不把我跟其他人相提并论就行。

(6) 只有你值得我忠诚，其他人就免谈。

(7) 我只和最优秀的人交往，绝大部分人跟我差得太远了。

这是一种过度的自恋和狭隘的判断。

人与人的混沌边界

每个人都是孤独的。

人的孤独大致有三层。一是作为一个群体的孤独。在辽阔的地球，无际的宇宙，人类作为一种群体是独一无二的。迄今为止，尚未找到另外一种人类存在，甚至连一个相似的群体也找不到。二是作为单个人的孤独：每个人都是独自的，世界上从来没有两个完全相同的人。三是单个的人，在面对人类群体的孤独：相对整个社会，每个人都是不折不扣的独行侠。

因此，自古以来，人们对知音的渴盼，写满了诗词文赋、子史经集：

春秋战国时期刺客豫让说："士为知己者死。"

唐代诗人鲍溶说："山河不足重，重在遇知己。"

袁枚道："一双冷眼看世人，满腔热血酬知己。"

连鲁迅这样的铮铮硬汉也说："人生得一知己足矣！斯世当以同怀视之。"

诗人徐志摩则有另一份坦然的期待："我将于茫茫人海中，寻找我唯一灵魂之伴侣，得之，我幸；不得，我命，如此而已。"

相较之下，《西北有高楼》的"不惜歌者苦，但伤知音稀"则过于柔靡。知音难觅，乃是人生常态，但为之"伤"，为之"苦"，就需要厘清和纠偏。

现代客体关系理论认为，过度的自恋，根源在于"你我不分，他我不分"。

追溯到婴儿时期，每个人在其婴儿阶段都是有自体自大、夸大倾向，例如婴儿稍稍得不到满足就会大哭等。在婴儿的心理世界中，他或她是全能的上帝。如果自我需要被养育者满足时，就会获得快乐。如果不满足，就会因无法实现而暴怒。

这种不被满足的情况，原本是在婴儿养育中经常发生的，但如果养育者长期如此对待婴儿，婴儿就不能与内部期待配对成功，则婴儿将失望于外在，大脑会据实际情况放弃这一正常的养育、被养育的循环回路构成，以自体幻想性循环回路，来替代补偿这一自恋需要。这个过程中，幻想如果超出常人所能接受的范围，就会形成过分的自恋。

于是，成人之后，可以看到有的人常常自我夸大、自我赞美、自我表现，不切实际地认为自己容貌倾城，才华横溢，能力超群。心理原因就是没有真正分清自己和别人，边界混沌，把自己当作衡量高下的尺度和标杆。

孤独，美丽如烟

在艺术家的笔下，人类的情怀总是相通的。

马克·夏加尔的油彩画《孤独》以一种如烟如梦的荒诞，揭示了人类灵魂深处的孤独。灰暗色调中，身着白色披风、黑色衣衫的基督被描绘成一个孤独的牧羊人。依偎在他身边的是一只柔顺的白色羔羊，羔羊的身旁，是一把没有奏响的小提琴。他坐在草地上，右手托腮，微微低着头，神色忧郁，好像陷入深不见底的沉思。他的身后，是黑魆魆的村庄，仿佛很远又仿佛很近；像是沉浸在浓浓的夜色中，又像是沉浸在无边的伤悲里。一块块蓝色的天幕上，有白色的天使在飞翔。梦幻般的荒诞画面，凝聚了浓得化不开的孤独。是思乡，是怀人，是伤痛，是精神的无皈依，是灵魂的无伴侣，是梦醒之后不知向何处去，是身陷大荒无人可助的苍凉和悲凄，是“万物归一，一归何处”的追问……

乔瓦尼的钢琴曲《孤独》，流淌出的则是孤独的另一种如烟的美丽。行云流水一般的钢琴曲在蓝天白云中划出了一道道优美的曲线，似乎是在伴随着山涧里的溪水跳跃流淌。曲中有略带忧伤的小提琴飘进来，使得整首乐曲在圆融淡远中交织着一缕抹不去的伤悲。有风的柔美、荷的玉立、露珠的晶莹，有森林的幽深、高山的辽远、云烟的飘飞，在天人合一的圆融境界里，融汇成一幅静谧而安详的图画。

真正的孤独，灵魂奏响的总是王者之音。此时此境，是精神的沉淀，是理性的回归，是灵魂的安放，是思想的掘进，是自己面对赤裸的自己，和天地自然相合为一。

只有那些内心丰盈深厚的人，才会领略孤独的魅力。它深邃似海，又美丽如烟。

还记得《挪威的森林》里，那个一路奔跑一路怒吼的男人吗？他说：“人，人生，人的本质上都是孤独。”

寄托于恋人和故乡的归属感

绘　刘德贵（上海开放大学人文学院文学艺术系教师）

涉江采芙蓉

涉江采芙蓉[1]，兰泽[2]多芳草。
采之欲遗[3]谁，所思在远道[4]。
还顾[5]望旧乡[6]，长路漫浩浩[7]。
同心[8]而离居，忧伤以终老[9]。

※注释

①芙蓉：荷花的别名。②兰泽：生有兰草的沼泽地。③遗（wèi）：赠。④远道：犹言“远方”。⑤还顾：回顾，回头看。⑥旧乡：故乡。⑦漫浩浩：犹“漫漫浩浩”，形容路途遥远无尽头。⑧同心：古代习用语，多用于男女之间的爱情或夫妇感情融洽深厚。⑨终老：度过晚年直至去世。

※译文

我划船过江采莲花，生有兰草的水泽中多香草。

采下莲花送给谁？我思念的伊人在远方。

回过头来望故乡，长路浩荡真漫长。

同心之人却离居，愁苦忧伤直到终老。

※解读

所爱隔山海，山海不可平

古代交通和信息往来十分不便，留在故乡的妻子思念丈夫有着怎样的痛苦忧伤，从这首诗可见一斑。

作者并非一定是女子，也许是那个远游在外的男子。

《涉江采芙蓉》是一首别情诗，也是一种乡情诗。

生活在封建时代的人，生活较为简单，人与人之间的亲密关系，也就在于夫妻情、恋情、友情。故乡情，也就是夫妻情、恋情、友情的集合体，而交通不便，信息阻隔，山高水长，就会加深情感的渴望。因此，表达别离情绪就成了中国古代文学艺术的一大主题。

《涉江采芙蓉》由一组蒙太奇镜头构成。

第一个镜头：“涉江采芙蓉，兰泽多芳草。”夏秋时节，江南水乡，荷花盛开，女主人公在江中泽畔采集了荷花、兰草，暗香盈袖。气氛是欢乐的，心情是愉悦的。

第二个镜头，忽然间一缕伤感涌起：采了花要送给谁呢？“采之欲遗谁，所思在远道。”“我朝思暮想的人哪，远在天边，不可望，更不可即。”自问自答中，情感为之一落，由热转冷，由乐转悲。仿佛云从天边起，风从山谷吹来。

第三个镜头，主人公换成了远方的游子，“还顾望旧乡，长路漫浩浩”。他回头遥望故乡，长路漫漫，关山阻隔。孤独、怅惘、失落的一个人，长久伫立，像失群的孤雁。

第四个镜头，依稀中，二人相向而望，“同心而离居，忧伤以终老”。画外音同时响起：两个心心相印的人啊，永远彼此相思，忧伤终老。

就爱情婚姻而言，从第一部古老的诗歌总集《诗经》开始，就呈现了大约八种形态：

(1) 执着求爱的苦恋者，如开篇之作《关雎》；

(2) 敢于反抗的奋斗者，如《郑风·将仲子》；

(3) 大胆热烈的求爱者，如《召南·摽有梅》；

(4) 坚贞不渝的钟情者，如《卫风·伯兮》；

(5) 刻骨铭心的相思者，如《周南·卷耳》；

(6) 哀怨忧郁的失恋者，如《郑风·狡童》和《郑风·褰裳》；

(7) 赢得爱情的自豪者，如《王风·木瓜》；

(8) 伉俪情笃的恩爱者，如《郑风·女曰鸡鸣》。

从此之后，中国古代文学中的爱情篇章类型，莫出其外。《涉江采芙蓉》，属于第一类，是执着求爱的苦恋者。

然而，这种苦恋不是因为双方的门第差异、家族势力等阻隔导致，而是游子因为徭役、战争、仕宦等不得已因素而背井离乡。因此，这苦恋之伤和故乡之遥相互交织，不可分割。这既是爱情婚姻之痛，也是家庭分离之痛，远离故土之痛。“所爱隔山海，山海不可平。”这“所爱”，是爱人，是亲人，也是故园。

渴念恋人和故乡，源于归属需要

与生俱来，每个人都有和他人建立亲密关系的强烈内驱力。这是人的本性之一。

衣食住行的丰富安宁，是人活着时肉体的需求。归属需要的满足，则是人活着时精神的必需。

现代心理学研究发现，我们要正常地生活，保持身心健康，就要有长久而被关爱的亲密关系，在亲密关系中实现“归属需要”。如果这种亲密关系得不到满足，就会产生各种问题。

而“归属需要”产生的背后，是人灵魂深处潜藏的终极追问：我是谁？我从哪里来？将往何处去？

“归属需要”，驱使着我们不自觉地努力和他人建立亲密的人际关系。为了维持亲密的人际关系，我们也期待和那些了解我们、关心我们的人交往、沟通、在一起。

有关研究结果显示：病痛之中，握住爱人的手，甚至只是看看照片，就觉得疼痛减轻了。幸福感也当然会提升。

因为，我们的幸福感取决于“归属需要”满足的程度。而且，成千上万的肤浅关系，也远远比不上一个亲密关系。

相形之下，缺乏亲密关系的人，会有各种健康问题，比如免疫力会下降，易患感冒，在相同年龄的死亡率更高。

因此，当我们珍视的人际关系出现阻隔、危机时，我们就会魂不守舍，甚至会癫狂失心。《涉江采芙蓉》这首诗呈现的情感状况，就是如此。

诗中的故乡，暗示的不是父母儿女情深，也不是对自己童年生长地的留恋，它是当下深爱着的人所在的地方。

当故乡和爱人合一的时候，故乡的父母情、乡亲情、友情、乡土情等，才越发浓郁动人。

有三样东西永远掩饰不了

有人说，人生中有三种东西永远掩饰不了，咳嗽、贫穷和爱情。只要真爱一个人，无论怎样努力，都掩饰不了。何况是宦游失意的异乡客？

《涉江采芙蓉》的倾诉，就是对这句话最好的注脚："我踏过江水去采荷花，生有兰草的水泽中长满了香草。可是我采了荷花要送给谁呢？我想要送给远方的爱人。回头看那一起生活过的故乡，路途显得那么遥远。两心相爱却不能在一起。我们只能各在一方，愁苦忧伤以至终老异乡。"

作为游子思妇的相思之作，映照了大时代下个体生命的悲欢离合。两汉时期，在"罢黜百家，独尊儒术"的统治思想下，为了跻身朝堂、谋求功名，千千万万学子苦苦攻读经学，离乡游学求宦。但是，官僚机构的容纳能力有限，博取功名的士子队伍无限，必然导致得机幸进者少，失意向隅者多的最终局面。一个凛坎失意的文人群体，由此产生。

宦游失意，仕途无望，朋友道绝，客居异乡，自然会加深孤独失意感，怀土思归感，更加想念伴侣、亲人和家园。诗章点化楚辞采芳寄情的意境，表达相会无缘的浓厚伤感。

诗章的结尾："同心而离居，忧伤以终老。"这沉重如山的浩叹，无疑发自女主人公内心，也发自男主人公内心。所以读者所感受到的，不是一个声音，它仿佛越过江河山丘，从万里相隔的天南地北奔涌而来，是同心离居的夫妇痛苦悲伤的交鸣，有着震撼人心的意韵。

月光，是一场盛大的虚设

绘　刘德贵(上海开放大学人文学院文学艺术系教师)

明月皎夜光

明月皎夜光[①]，促织[②]鸣东壁。
玉衡[③]指孟冬[④]，众星何历历[⑤]。
白露沾野草，时节忽[⑥]复易[⑦]。

秋蝉鸣树间，玄鸟逝安适。[8]
昔我同门友[9]，高举振六翮[10]。
不念携手好[11]，弃我如遗迹。[12]
南箕[13]北有斗[14]，牵牛[15]不负轭[16]。
良[17]无盘石[18]固，虚名[19]复何益？

注释

①皎夜光：犹言明夜光。②促织：蟋蟀的别名，一作“趣织”。③玉衡：指北斗七星中的第五星。北斗七星形似酌酒的斗：第一星至第四星，成勺形，称斗魁；第五星至第七星，成一条直线，称斗柄。由于地球绕日公转，从地面上看去，斗星每月变一方位。古人根据斗星所指方位的变换，来辨别节令的推移。④孟冬：本指冬季的第一个月，此处指方位。玉衡星已经指向孟冬亥宫之方向——西北方，时已过夜半。⑤历历：逐个的意思，众星行列分明的样子。⑥忽：本义为不重视、忽略，这里用引申义，急速、突然的意思。⑦易：变换。⑧玄鸟：燕子。安适：往什么地方去？燕子是候鸟，春天北来，秋时南飞。这句是说天凉了，燕子又要飞往什么地方去了？⑨同门友：同在师门受学的朋友。⑩翮(hé)：本义为羽毛中间的硬管，指禽鸟的尾羽或翼羽中，那些大而硬的角质空心的羽轴。据说善飞的鸟有六根健劲的羽茎。这里泛指鸟的翅膀。据说善飞的鸟有六根健劲的羽茎，故曰“六翮”。⑪携手好：指共患难的友谊。⑫“弃我”句：就像行人遗弃脚印一样抛弃了我。⑬南箕(jī)：星名，形似簸箕。⑭北有斗：即北斗，星名，形似斗(酌酒器)。⑮牵牛：指牵牛星。⑯轭：车辕前横木，牛拉车则负轭。“不负轭”是说不拉车。⑰良：的确。⑱盘石：同“磐石”，特大石，用以象征坚定不移的感情。⑲虚名：浮名，与实际不符的声誉。

译文

明月皎洁照亮夜空，蟋蟀在东墙下鸣不停。

玉衡星已指向孟冬，繁星在天上多么清晰。

晶莹露珠挂满野草，时节流转秋来夏去。

树上秋蝉叫声断断续续，燕子不知向何方飞逝。

昔日携手的同门好友，已举翅高飞腾达青云。

一点也不念曾经的情谊，就像行人遗弃脚印一样把我抛弃。

南箕星、北斗星都不能用来盛物斟酒，牵牛星也不是来负轭拉车。

再深的友情也不能像磐石，仔细想来要那虚名又何益？

✿解读

中华民族酷爱月亮

仅仅在汉语里，以“月”组成的词，就有近 1 100 个。漫长的中国文学长河里，下自村姑，上至君王，只要唱过歌、落过笔的，没有哪个人不曾吟咏过月亮。

早在先秦时期，先民们就开始歌咏月亮了，只是此时人们提到月亮，只有一个“月”字。

远古时期的人类，宛若质朴的孩童，用字用语都是醇厚的、简单的。如《诗经·陈风·月出》：“月出皎兮，佼人僚兮。舒窈纠兮，劳心悄兮。”《诗经·邶风·日月》：“日居月诸，照临下土。”《诗经·邶风·雄雉》“瞻彼日月，悠悠我思”中月亮与太阳同时并举，称为“日月”，其他如《卿云歌》：“日月光华，旦复旦兮。”屈原《涉江》：“与天地兮比寿，与日月兮齐光。”

到了东汉以后，“明月”二字开始组合起来，出现在民众的口中和士人的笔下。如《汉乐府·伤歌行》：“昭昭素明月，晖光烛我床。”旧题《李陵赠苏武诗》“明月照高楼，想见余光辉”以及《古诗十九首》里的这首《明月何皎皎》。

从此以后,“月华”“月夜”“月光”等有关月亮各种形态的诗词文章,铺天盖地。

写故乡之思,如李益《夜上受降城闻笛》:“不知何处吹芦管,一夜征人尽望乡。”卢纶《晚次鄂州》:“三湘愁鬓逢秋色,万里归心对月明。”李白《静夜思》:“床前明月光,疑是地上霜。举头望明月,低头思故乡。”

写情爱相思,如张九龄《望月怀远》:“海上生明月,天涯共此时。情人怨遥夜,竟夕起相思。”王建《十五夜望月》:“今夜月明人尽望,不知秋思落谁家?”杜甫《月夜》:“今夜鄜州月,闺中只独看。遥怜小儿女,未解忆长安。”

写月夜大美,人间祥和,如张若虚《春江花月夜》:“春江潮水连海平,海上明月共潮生。滟滟随波千万里,何处春江无月明。”赵嘏《池上》:“正怜佳月夜深坐,池上暖回燕雁声。犹有渔舟系江岸,故人归尽独何情。”张先《木兰花·乙卯吴兴寒食》:“中庭月色正清明,无数杨花过无影。”

写家国忧伤,如曹操《短歌行》:“明明如月,何时可掇?忧从中来,不可断绝。”曹植《七哀诗》:“明月照高楼,流光正徘徊。上有愁思妇,悲叹有余哀。”李益《听晓角》:“边霜昨夜堕关榆,吹角当城汉月孤。无限塞鸿飞不度,秋风卷入小单于。”

而这首《明月皎夜光》,看似是主人公在一个月光浸染大地的晚上感慨节序飞逝、人生短暂,并由此为人情冷暖、世态炎凉而伤悲,实际上则是从哲学层面上对天地人展开叩问和追寻。前八句指向的是天和地:仰望太空,月光弥漫天空,一片皎洁,促织在低吟浅唱;后半夜之时,众星把天幕镶嵌得一片璀璨;俯视大地,露珠挂满草叶,寒意袭人，秋蝉断续哀鸣，小燕子已了无踪迹。天地自然为何这般凄楚迷离？为何时光这般流转飞逝？后八句指向的则是人：飞黄腾达的朋友，已经忘记昔日的友情，视我如陌路。星空里的斗星、牛星和人间的朋友一样，为何都是空担虚名？

在叩问中宣泄痛苦，也在叩问中找寻自我的位置。于是，这叩问成了士人进行自我精神医治的一剂药方——尽管这药方如现代危重病人使用的吗啡一般，有毒性，但是毕竟能消解一点暂时的疼痛。

走在月光里，走在寂静里

有次上课讲这首《明月皎夜光》。感受诗中仲秋的夜色、皎洁的月光、蟋蟀的吟唱、北斗星的闪烁、草上的露珠、秋蝉的鸣叫、悄无踪影的燕子，以及痛苦万端的作者——京华求官、蹉跎岁月，昔日好友平步青云后很快弃他而去，早已忘记了曾经的信誓旦旦。联系汉代末年社会的种种乱象，感受每逢乱离时期，文人士子处在骤然裂变中的心灵震颤、精神凄苦，以及人类和太阳、月亮之间的各种圆融勾连，一个人在低谷阶段感受的人情冷暖，世态炎凉，那一堂讲得纵横挥洒，几近忘乎所以。

临近下课，让学生以古今中外诗歌里的月亮为主题，各自在一个纸条上写读后感，随意写，哪怕一个字，交给我。可署名，可匿名。

收齐纸条后，我被好几个学生雪莲般的文字惊艳了。

“不行，我得一个人去月光里笑一会儿；不行，我得一个人去月光里哭一会儿！”

“月光下，孤独大如累卵，独醉，无言。”

“月色下，我哭，在人世苦苦辗转；我哭，千百次的疼痛，千百次的绝望，千百次地扑倒在地。”

“我让月光为我自己遮挡枪林弹雨，我拿月光稀释我的一生苦难。”

“再孤独的月光也是月光啊，就像再坏的爱情也是爱情。”

“活下去的诀窍是：保持愚蠢，并且不能知道自己有多愚蠢。请问，月光下就我一个人曾经这样想过吗？”

“走在月光里，走在寂静里，走在天上，走着走着就把自己倒挂下来了。”

“月光下，我感到众神降临头顶，又感到死亡光顾门前；我看见万花开放，又看到万物凋零。”

下课了，学生不知何时都走光了。站在空无一人的教室讲台上，我读着这些纸条，微醺，沉醉。

眼前像是有一群野马飞奔在草原上，猎猎鬃毛，威风凛凛，甚至有几分耀武扬威。

人类的遗弃情结

人类精神中有一种遗弃情结。准确地说，是被抛弃情结。

具有这种情结的人有两大性格特征，一是自我价值感和自尊感偏低，容易自我否定。二是对爱、对认可有成瘾倾向。这类人终其一生，都会做出各种努力和尝试去寻找“爱和认可”，去填补心灵深处渴求“爱和认可”的坑洞。在心灵没有得到疗愈的情况下，这个坑洞似乎总是难以填平。

这里说的“爱”是广义的，亲情、友情、爱情，或者其他情。“认可”也是广义的，家人的认可，朋友的认可，伴侣的认可，社会的认可等。

典型的案例，就是在恋爱关系中的一种现象：有的人不断更换恋人，总是不合心意，以致于自己最后陷入矛盾与恐慌。这种情况的深层心理奥秘，就是一直在寻找一个童年期在内心渴望的、幻想的、能够完全理解自己、爱自己、呵护自己、认可自己的“理想父母”。

在面向社会、面向各种关系时，有这个情结的人，潜意识也会借助、依赖各种外在的东西，比如物质、金钱、名利、地位、成就、荣耀等，比如亲情、爱情、友情、各种被欢迎、被赞美的情感，来缓解这种难以填平坑洞的焦虑。其不堪者，也有借助和依赖外物的。

作为记录人类心灵密码的文学艺术，对遗弃情结的呈现层出不穷。仅仅以两性关系为例，《诗经》中的《郑风·遵大路》《邶风·谷风》《小雅·白华》是最早描述遗弃情结的诗歌。“掺执子之祛兮”，“掺执子之手兮”这一苦苦挽留离去的人意象，汇聚了极其浓烈的情感。被这种遭丈夫“遗弃”的文化情结所掌控的个体或群体，被称为“弃妇”。她们在《诗经》各时期诗歌创作传统中反复出现，似乎自动采用统一的语言体系和诗歌模式来表达同样的痛苦：“习习谷风，以阴以雨……既生既育，比予于毒。”“习习谷风，维风及雨。……忘我大德，思我小怨。”“之子无良，二三其德。”“不思旧姻，求尔新特。”“女也不爽，士贰其行。士也罔极，二三其德。”

当这些弃妇被“遗弃”这一文化情结所掌控时，她们似乎具有了共同的命运。《玉台新咏》所载《上山采蘼芜》一诗描述“上山采靡芜，下山逢故夫。长跪问故夫，‘新人复何如？’”“遗弃”这一文化情结似乎在不断收集历史的证据，在各个历史时期，甚至在今天，依然有不少女性被其掌控，重复着被遗弃的命运。

如荣格所指出的，他们“感觉自己孤立于宇宙间”，失去了被集体无意识的认同，“乐子之无知”表达的是对集体无意识时代的留恋。

可是，不管古往今来的人有多少种月下情怀，月光一直就在那里，不变不改，不近不远。

漫漫岁月里，人只是在一厢情愿地写下月光里枯瘦的街道、苍老的古墙、荒凉的大地、残破的客栈，留下自己的寂寞、黑暗、困惑、失败、沮丧、愤激与思念。有最富激情的软弱，也有最柔韧的坚强。

谁能说得清2000年前的那个深夜，《明月皎夜光》里那个夜不能寐的士子，独自徘徊，听冷月清风、窗外促织的时候，寒冷的夜色里，荡漾起的是他生命的沉重死寂，还是他灵魂的腾挪崛起？

谁又能说得清，我们每个人最好的孤独，是在满地清辉的月光里，还是在对月成影的独处里？是在挂满喧嚣的太阳下，还是在鞍马秋风的旷野里？

是人的孤独里有月光的种子，还是月光里有孤独的种子？

为何那么多人每写孤独必在月下，每写月光总伴孤独？

月光下，孤独大如累卵

年少时，总以为写下“明月皎夜光，促织鸣东壁”的汉末士子，写下“晨兴理荒秽，带月荷锄归”的陶潜，写下“深林人不知，明月来相照”的王维，写下“星垂平野阔，月涌大江流”的杜甫，皆是在叙写一个人的孤独，是落寞，是寂寥。

后来年岁渐长，慢慢地才知道，那其实皆是一个人的清欢，是一个人的圆融、通透、自我达成。

每一轮月光所成就的，也许不是思乡、念远、怀旧、沉痛，而是借由思乡、念远、怀旧、沉痛，抵达了自己，成就了自己。

而读万卷书、行万里路、写文、画画、作曲等诸种，给人带来的最大益处，不是功名也不是金钱，而是自由，一任自我精神腾挪跳跃，然后墨落宣纸、羊皮纸，划出一道圆弧状的彩虹——在生存里，在生活里，在爱情里，在友谊里，在婚姻里，在这个世上能够触摸到的所有时空，有了自己想要的那种自由。

人活一辈子，到头来追求的，就是一个自由。

而月光，在每个人的文字里，其实是一场盛大的虚设，人不过是在这场虚设里上演各自的悲欢离合、成败得失、爱恨情仇，一边痛苦，一边狂欢。

就像这首《明月皎夜光》一样，在千万个有月的深夜，那些盼归、想家、望乡、念伊人的文字，是疼痛的，更是温暖的；是绝望的，更是希望的；是枯瘦如柴的，更是丰盈充沛的。

从天地初开一直就在的，那些亘古绵长的月光，出现在《诗经》里，出现在《楚辞》里，出现在《古诗十九首》里，出现在唐诗宋词里，都不过是书写者悄悄打开自己的神秘宝盒，而后就地铺开一个人的家国，一个人的村落，一个人的祭台，一个人的瞭望，一个人的追捕，一个人的战争，一个人的独木舟。

只要静下来，人，总是在日光那边很混沌，在月光这边很纯粹。

生命的一些原色调，只有在月夜才能摇匀，就像一些人的本真，只有在月光里才能看见。

夜越深，月色越清远，人越透明，如同淘洗过的内心，坦荡而深邃隐秘。哪怕第二天出现在人头攒动的大街上，摩肩接踵的集市里，各人依旧面部僵硬，像是没有过昨夜月光的淘洗。

月光下的书写者，宛如这首《明月皎夜光》的作者，孤独大如累卵，独醉，无言。

忧虑情结与自我疗愈

绘　刘德贵(上海开放大学人文学院文学艺术系教师)

冉冉孤生竹

冉冉[1]孤生竹[2]，结根泰山阿[3]。
与君为新婚[4]，兔丝[5]附女萝[6]。
兔丝生有时[7]，夫妇会有宜[8]。

千里远[9]结婚，悠悠[10]隔山陂[11]。
思君令人老，轩车[12]来何迟。
伤彼蕙兰花[13]，含英[14]扬光辉[15]。
过时而不采，将随秋草萎[16]。
君亮[17]执高节[18]，贱妾[19]亦何为。

注释

①冉冉：柔弱下垂貌。②孤生竹：犹言野生竹。孤，独。③泰山：即“太山”，犹言“大山”“高山”。阿（ē）：山坳。④为新婚：刚出嫁婚娶。⑤兔丝：一作“菟丝”，一种旋花科的蔓生植物，女子自比。⑥女萝：一说即“松萝”，一种缘松而生的蔓生植物，以此比男子。⑦生有时：草木有繁盛即有枯萎，以喻人生有少壮即有衰老。⑧宜：犹言适当的时间。⑨千里远：不以千里之远。⑩悠悠：遥远貌。⑪山陂：泛指山和水。吕向注：“陂，水也。”⑫轩车：有篷的车。这里指迎娶的车。⑬蕙兰花：女子自比。蕙、兰是两种香草。⑭含英：指花朵初开而未尽发。含，没有完全发舒。英，花瓣。⑮扬光辉：形容容光焕发。⑯萎：枯萎，凋谢。⑰亮：同“谅”，料想。⑱执高节：即守节情不移的意思。⑲贱妾：女子自称。

译文

我宛如荒地里野生的孤竹，期望能在山坳里找到依靠的伴侣。

正值和你新婚燕尔之际，就像兔丝附着女萝一样亲密。

兔丝荣枯皆有时，夫妻两厢厮守也有最佳期。

我不远千里与你结婚，你却别离我到远方去。

相思之苦催人老，你功成名就归来多么迟。

伤感那朴素纯情的蕙兰花，正是含苞待放灿烂时。

过了时节你不采，将随秋草枯萎去。

你信守高节情不渝，我也坚守在家等着你。

✻解读

遗弃悲伤与自我宽慰

《冉冉孤生竹》是《古诗十九首》中细腻描述遗弃的忧伤情感的篇章，自始至终都在呈现女主人公担心被遗弃的隐忧和伤感。内容上有三层：

其一，自白以诉深情。

“冉冉孤生竹，结根泰山阿。”聪明伶俐的女主人公不断地以象征、比喻的方式表白自己：以竹的“孤生”，喻自己茕茕孑立，无任何依靠，“冉冉”，是女子自喻柔弱。竹结根大山，又在山阿之处，可以避风，这是以山比喻男方。“与君为新婚，兔丝附女萝。”兔丝（菟丝）和女萝生长时，茎蔓总是互相牵缠，比喻二人生命的结合。菟丝是女子的自喻，女萝是比喻男方。刚刚新婚，男子不知何故就离家去远方了，或者已经订了婚，但对方还没有迎娶。“兔丝生有时，夫妇会有宜。”女子以“兔丝（菟丝）”自喻，既然菟丝之生有一定的时间，那么夫妇之会也应当及时才好。既然订婚，就及时结合，不要错过了青春时光。从女子的心境，可以感受到诗人珍惜时光的思想，珍惜美好人生的情感态度。“千里远结婚，悠悠隔山陂。”意思是男方所在甚远，两人结婚实在不易。

其二，埋怨以求珍惜。

“思君令人老，轩车来何迟。”——你知道吗？思君令人老，我一直都在巴望着，可是迟迟不见你的车子来。前面开头的六句，全是比喻，从这里开始，转入铺叙，意尽旨远，更见情深。“伤彼蕙兰花，含英扬光辉。过时而不采，将随秋草萎。”女子再次转入比喻，以蕙和兰两种香草自喻，把当下的自己，比作含苞待放之花，如果不及时采摘就会错过最好的时候，娇美的蕙兰就会像秋草一样枯黄凋萎。趁早来迎娶吧，不要错过了时光。

其三，自宽以求救赎。

最后二句“君亮执高节，贱妾亦何为。”是女子说尽了自己的疑虑后，不得已之下改为自我安慰。她说自己相信男方一定会坚持高尚节操，一定会来的，自己何必怨伤呢？

在女主人公的内心深处，早已认定自己爱情婚姻的喜怒哀乐、悲欢离合，皆源于男子，一旦认定对方坚定不移，不会遗弃她，她多少得到了一些道德上的安慰，心灵上的慰藉。如此，心里有点苦，不如此，心里更苦。

在黯然神伤中自我疗愈

《古诗十九首》中处处洋溢着解不开的“忧虑情结”，清代学者沈德潜说：“《古诗十九首》，不必一人之辞，一时之作。大率逐臣弃妻，朋友阔绝，游子他乡，死生新故之感。或寓言，或显言，或反复言。”①

这是因为，“忧”本是与生俱来的情感状态。早在中华先民造字之初，“忧”（憂），本义为心动。从夊（suī），声惪（yōu），“夊”是缓缓行走的样子。繁体字“惪”，是会意字，从心，从页。先民以为心是主管，是用来思想的；“页”，像人首脸面之形。所以“忧”（憂）意思是指，心中忧愁反映在脸上。《汉语大词典》以“忧”组成的词语有三百多个。

人为何会常常陷入忧愁？清人陈祚明《采菽堂古诗选》以《古诗

① 沈德潜. 说诗晬语[M]. 王宏林，注. 北京：人民文学出版社，2000.

十九首》为例，作了深刻揭示："《十九首》所以为千古至文者，以能言人同有之情也。人情莫不思得志，而得志者有几？虽处富贵，慊慊犹有不足，况贫贱乎？志不可得而年命如流，谁不感慨？人情于所爱，莫不欲终身相守，然谁不有别离？以我之怀思，猜彼之见弃，亦其常也。夫终身相守者，不知有愁，亦复不知其乐，乍一别离，则此愁难已。逐臣弃妻与朋友阔绝，皆同此旨。"

人忧伤悲苦的根源在于人总是想要"得志"，真正能够"得志"的太少了。纵然已经富贵了，还觉得富贵得不够，何况贫贱的人哪！志向无法实现，却眼见得时光如流水，谁能不感慨呢？而人之常情，凡深爱的，都想终身相守，可是人生怎能没有离别呢？离别了，就会以己之思念盼望之心，去猜测对方是否会抛弃自己。只要有离别，这情怀就难免。那些被贬的臣子，被弃的妻子，远别的朋友，都是一样的状态。

这，恰恰从一个侧面映照了《老子》(十三章)所言："吾有大患，及吾有身；及吾无身，吾有何患。"

像所有民族的文化一样，中国传统文化也有自我反思和自我调节功能。

文化情结，是人类共有的一个心理现实，是心灵结构不可或缺的部分。其产生过程之一，就是在文学艺术中，以文字、绘画、书法、雕塑等，通过反复吟唱、描绘，呈现各种心灵的创伤，如自然灾害、意外事故、战争，暴力打击、亲人意外去世等。这些描写，为阅读者提供了情感支持，也为经历过同样创伤的文学家、艺术家提供了特殊的归属感。

《古诗十九首》表达的思想内容，从细微之处看，十分复杂。有记叙游子思妇的，如《行行重行行》；有写追求仕宦的，如《今日良宴会》；

有诉朋友情薄的，如《明月皎夜光》；有叹人生无常、及时行乐的，如《驱车上东门》等。但看这些复杂内容，可以发现它们最终都会归向一个核心点，就是对人生易逝、人生无常的哀伤，时光易逝的忧虑及其惶恐之下的及时行乐。

作为汉末文人五言诗的代表作，《古诗十九首》就像一条船，真实地承载了汉末下层文人的生存状态和幽微曲折的心灵历程。透过他们饱尝人间忧患的内心世界，可以感受到一个人间群像对生命意识和人生价值的深刻思考，生而为人的内心孤独，无所归依的个体悲凉。同时，它也以文本的方式，把因一个时代不断重复出现的创伤，以及由创伤而导致的巨大情感能量的文化情结遗留下来，作为心灵伤痛的案例和医治伤痛的处方，提供给后人作疗愈心灵的参照系。

正因如此，当类似于"忧愁情结"的一些心灵阴影，在得以淋漓尽致宣泄和抒发时，人的精神才不至于萎靡，不至于被阴影罩住。读者每一次对黯然神伤，独自悲泣的记录、阅读、品味、审美，都是文化心灵的自我疗愈。

女性之歌，永远的民族记忆

产生于汉末的这首《冉冉孤生竹》，留下了值得一个民族永远记忆的遗产。

一位忧伤哀怨的女主角，超越了近两千年时空界限，其情其状至今令我们震撼。其是一份值得中华民族永远记忆的遗产，原因何在？

其一，《古诗十九首》产生的时代，虽然正是汉末社会即将分裂、崩溃的大动荡时代，统治思想、儒家思想魅力的丧失，以及立官制度的混乱等，使得人们的精神处在一个文化上的断裂阶段。但是，从汉代初年就开始建立的封建伦理道德已经深入人心，人们对天灾和人祸的价值取向已经形成。“以德报怨”“怨而不怒”的中庸思想已经稳固在人心底，成为人们的行为规范。而男权政治下的女人，在经济、政治地位弱小化的同时，也形成了弱势心态。弱势心态下，必然产生依附心理。依附心理又导致行为上的委曲求全、甘心示弱。《冉冉孤生竹》的女主人公以一个深情的弱者形象出现，也以“示弱”的姿态对人，这既是生活实情，也是获得同情、爱情和道义支持的唯一选择。也只有这样，女主人公才能达到“以德报怨”“勿以暴力抗恶”的“道德自我完善”。

其二，《冉冉孤生竹》作为怨妇诗之一，其社会意义和审美价值，就在于它和《行行重行行》《孟冬寒气至》《客从远方来》《明月何皎皎》等一样，主要是以女子自我告白的方式，写独居女子对远行爱人的思念之情，继承了民歌感于哀乐，缘事而发的写实精神，虽然文字上有浓郁的文人气息，但保存了醇厚自然的重情女子的情感本色，真切反映了汉代的社会现实和民众的思想情感，并开辟了文人化爱情婚姻怨妇诗的新领域。从屈原的《山鬼》以及曹植、李商隐、李煜、纳兰性德等人的同类题材作品，直到现代著名诗人李金发的《弃妇》，这些作品都有一脉相承的风格特征。千百年来，面对现实和历史上哀哀无告的众多怨妇，诗人和读者以博大胸怀去感受她们的苦难，去抒写她们的委屈、不平，以唤起社会对她们的同情与关注，这体现了中华文化的人文情怀和平等精神。

其三，以女性口吻落笔的文化意蕴。和《古诗十九首》的其他相思怀人之作一样，这一首也是从女性角度落笔的，这一特征蕴含的文化意蕴是：首先，显示出在中国的宗法社会中，女性因其柔弱处境，只能把自己的生命寄托于爱情和婚姻。其次，宗法制度下，女性的现实生活与精神世界是狭小封闭的，夫为妻纲，家庭圈子，使得她们只能在这样的局促境界中寻找精神寄托与情感皈依，温婉细腻、深情绵邈，也就自然成了这类文字的突出风貌。再次，感人心者，莫先乎情；动人情者，莫先乎爱。正因为这类诗歌总是写男女情爱、执着炽热、团聚渴盼，时时触及游子心底的柔软，安慰对家的牵念、对妻子儿女的关注，强化他们回家的愿望，才使得这类作者的丰富情感和敏锐触角，与读者和社会有了更深更广的交流，影响深远。

其四，由于《冉冉孤生竹》等《古诗十九首》中的同类怨妇诗，写得优美动人、感人至深，而后成为文人政客借以“抒情宣怀”的策略和象征。这类怨妇诗的作者是男人，这类诗是表现女子情感的孤独哀怨，精美别致，以唐代诗人最盛，平中见奇，易处见工，善于捕捉，刻画精准，写人状物皆细腻入微。这表明，汉末文人一方面已在相当程度上，具有了与女性世界作心灵沟通的现实基础和传达能力，一方面也融入了自己饱经忧患与痛苦的人生体验。同时，另有一份深意，就是以“怨妇”形象，委婉表达政治失意、官场不得重用，对被贬被边缘化的无可奈何，对社会动荡、乱离丛生的不满，使得怨妇诗在许多情况下承担了社会批判功能。

绘　刘德贵(上海开放大学人文学院文学艺术系教师)

庭中有奇树

庭中有奇树[①],绿叶发华滋[②]。
攀条折其荣[③],将以遗[④]所思。
馨香[⑤]盈[⑥]怀袖,路远莫致[⑦]之。

此物何足贵[8]，但感[9]别经时[10]。

❋注释

①奇树：犹“嘉木”，佳美的树木。②发华（huā）滋：花开繁盛。华，同“花”。滋，繁盛。③荣：犹“花”。古代称草本植物的花为“华”，称木本植物的花为“荣”。④遗（wèi）：赠送，赠予。⑤馨（xīn）香：香气。⑥盈：充盈，充积。⑦致：送到。⑧贵：珍贵。一作“贡”。⑨感：感受，感动。⑩别经时：离别之后所经历的时光。

❋译文

庭院有一株美树，绿叶满树花朵茂密格外有生机。

我攀着树枝摘下那最好的花朵，想把它赠送给我日夜思念的人。

花香浸满我的襟袖间，天遥地远无法送给远方伊人。

不是此花有多珍贵，只是别离太久让我感怀在心。

❋解读

才下眉头，却上心头

新加坡专栏作家薇子说：“爱，就是一个人把另一个人的心揉碎的过程。”

英国学者理查·德·弗尼维尔曾说：“爱情是一片炽热狂迷的痴心，一团无法扑灭的烈火，一种永不满足的欲望，一份如糖似蜜的喜悦，一阵如痴如醉的疯狂，一种没有安宁的劳苦和没有劳苦的安宁。”

只要真的爱一个人，无论怎样努力，都掩饰不了，真的是“才下眉头，却上心头。”

就像这首《庭中有奇树》的主人公。

诗的前四句，是一个近镜头场景，可以取名“春天里”：春天，一方庭院，院中有一棵树，满树新叶，花朵繁茂，生气勃勃。此时，一个人缓步而出。

千百年来，解读这首诗的人，都认定这是一个女子，一个思妇。可是，为何不会是一个男子呢？心怀真爱的人，心中被另一个人装满的人，对于这种情愫男女有别吗？

面对一树的繁花，这个心事重重的人，马上想和深爱的伊人分享这春光烂漫的景象，情不自禁攀着枝条，折下了最好看的花，想把它赠给日夜思念的人。

然而，折下的花拿在手里，却出现了一个逆转——诗章的后四句呈现的是另一个场景：在树下待了很久，花香浸满襟袖之时，这人才如梦初醒：伊人在远方，路太远了，这花没法给伊人啊！

“当另一个异性的满足和安全，变得和自己的满足和安全一样重要时，爱情就存在了。”苏利文这样说。

弗鲁姆则说：“成熟的爱是保全个体的个性、整体性的结合，相爱双方融合为一体，但仍为二体。”

《庭中有奇树》不仅呈现了深爱对方的人和对方有着怎样的互联互通愿望，更呈现了一种生命唤醒情形：一种对对方怀有浪漫色彩的依恋，对大千世界季节变化的敏感，对万物生命萌芽的感知。从而让我们知道，爱情是人类各种感情中最复杂、最微妙、最美好的统一。同时，《庭中有奇树》也蕴含了人类动机的自我延伸状态——和对方共享很多东西，包括新发现、新思想、新情怀，可以让人获得内在的自我满足。这也是深爱着对方的人为什么格外幸福，也格外痛苦的原因。

人在何时最幸福

在恋爱和婚姻中,存在两种关系类型。

一种是交换关系,双方之间以外在的公平交换为原则。一方的付出,期望得到对方公平的回报。即你对我好,我就对你好;你对我一分好,我就对你一分好。如果一方得到对方善意帮助了,就觉得有义务回报,自己要做到两不相欠,不欠对方人情,也不欠对方物质。如果一起做事,成功了,也要分清楚各自的贡献。当对方有需要时,斟酌再三,权衡利弊之后,再行动。即使拒绝帮助对方,也不会觉得内疚,因为觉得不欠对方的。

一种是共有关系。这种关系以关心对方幸福为原则,为对方做什么,对对方的帮助和关照,都不是为了得到回报,也不会期望回报,也不会找机会寻求回报。只是会密切关注对方的需要,感觉能够帮助对方是很幸福的事情。哪怕有时候要做出一些小牺牲。

相比之下,人们更喜欢后一种恋爱和婚姻关系。这样的伴侣,对对方的关注和慷慨越多,就越幸福。常常,第二种关系有以下表现:

(1) 不管多远,都愿意去探望对方;

(2) 帮助对方让自己感到快乐;

(3) 为满足对方的需要愿意付出自己力所能及的代价;

(4) 总是期望自己能够满足对方的理想和愿望;

(5) 乐意分享自己能够发现的、具有的各种美好。

所以,恋爱和婚姻幸福的一个密码就是:人什么时候幸福? 不计较得失的时候。

那原野也是天堂

无论什么样的社会,恋人或者夫妻间的分居,对于爱情和婚姻的维持都有一定危险性。

尤其是当代社会，因为社会发展越来越快，双方与外界的交集面越来越广阔。同在广阔的天地里，都会有很多和其他异性来往、受异性诱惑的机会。

但是，真正的有爱情基础的婚姻，无论古今，都会在分离的状态下闪烁迷人光华。

对于夫妻来说，朝朝暮暮的厮守会增强对彼此的眷恋，但时间又很少能为爱情添光加彩。因为爱情的本质就在于互相欣赏，互相探索。空间的分离会增强彼此的距离感和相隔感，距离和相隔又会促生波澜起伏的情思和挂念。

这些情思和牵挂，就是爱情的润滑剂和滋养液。相反，长期的朝夕相处，会使情思环境变得单一刻板，缺少鲜活的气息和因子，彼此的厌倦感会悄然产生。

相互爱着的人有千万种表现，而最有意蕴的就是这种诗意的牵挂和伤怀。

春天里的一只蝴蝶，夏天里的一声虫鸣，秋天里的一片落叶，冬天里的一片雪花，都会使爱着的人思恋徘徊。“才下眉头，却上心头”，耳闻目睹的一切都会让你想起远方的人，想起伊人的喜怒哀乐，衣食住行。尤其是离别太久的人。

深刻的爱，都是激情的，也是带着母性的。

母性的感知告诉她们，在外面的伊人很辛苦，需要抚慰和怜悯，更渴望被爱，被怜惜。爱，就是心疼，就是怜悯，相濡以沫的夫妻之爱更是如此。

《庭中有奇树》描写一个人看到庭院里那棵枝繁叶茂、一树繁花的大树，想象着要把自己连同那朵最美的花儿送到对方身旁，就在此时此刻。

花儿的美好，就如同青春年少的两个人。爱着的人，感觉只要伊人在身边，自己就不再痛苦孤单了。

如同波斯诗人欧涅尔的小诗写到的那样：“要你一杯酒，一块面包，一卷诗，只要你在我的身旁，那原野也是天堂。”

绘　刘德贵(上海开放大学人文学院文学艺术系教师)

迢迢牵牛星

迢迢[①]牵牛星[②]，皎皎[③]河汉女[④]。
纤纤[⑤]擢[⑥]素[⑦]手，札札[⑧]弄[⑨]机杼[⑩]。
终日不成章，[⑪]泣涕[⑫]零[⑬]如雨。

河汉清且浅⑭，相去⑮复几许⑯。

盈盈⑰一水⑱间⑲，脉脉⑳不得语。

注释

①迢迢：遥远的样子。②牵牛星：河鼓三星之一，隔银河和织女星相对，俗称“牛郎星”，是天鹰星座的主星，在银河东。③皎皎：明亮的样子。④河汉女：指织女星，是天琴星座的主星，在银河西，与牵牛星隔河相对。河汉，即银河。⑤纤纤：纤细柔长的样子。⑥擢(zhuó)：引，抽，接近，伸出的意思。⑦素：洁白。⑧札(zhá)札：象声词，机织声。⑨弄：摆弄。⑩杼(zhù)：织布机上的梭子。⑪章：指布帛上的经纬纹理，这里指整幅的布帛。此句是用《诗经·小雅·大东》语意，说织女终日也织不成布。《诗经》原意是织女徒有虚名，不会织布，而这里则是说织女因相思，而无心织布。⑫涕：眼泪。⑬零：落下。⑭清且浅：清又浅。⑮相去：相离，相隔。去，离。⑯复几许：又能有多远。⑰盈盈：水清澈、晶莹的样子。一说形容织女，《文选》六臣注：“盈盈，端丽貌。”⑱一水：指银河。⑲间(jiàn)：间隔。⑳脉(mò)脉：相视无言的样子。

译文

天上遥远的牵牛星在银河东边，皎洁明亮的织女星在银河西边。

织女双手柔长洁白在飞梭织布，织布机札札地响个没完。

一整天也没织成布，她的泪水零落如细雨一般。

银河看上去又清又浅，两岸相隔又有多远？

纵然只隔着一条银河，却只能深情脉脉相视，而不能用语言交流。

※解读

哀怨，人类共有的情感

哀怨的特点是因悲伤、委屈而含怨恨，通常人在受到打击或者遇到很难过的事时容易产生这种情绪。

古代先民们早就感悟到哀怨、怒恨是人类自然感情的流露，是人的天性展现。《礼记·礼运》里说：“喜怒哀惧爱恶欲，七者弗学而能。”意思是喜、怒、哀、惧、爱、恶、欲这七种情绪，人不必后天学习就能表现。那么人该如何应对这些情感呢？

《左传》有更为详细的认知和理性思考：“民有好恶、喜怒、哀乐，生于六气，是故审则宜类，以制六志。哀有哭泣，乐有歌舞，喜有施舍，怒有战斗。喜生于好，怒生于恶。是故审行信令，祸福赏罚，以制死生。生，好物也；死，恶物也。好物，乐也；恶物，哀也。哀乐不失，乃能协于天地之性，是以长久。”

这里阐述的是史学家左丘明的认识：每个人的好恶、喜怒、哀乐等情绪，源于六气，哀伤就会哭泣，快乐就会歌舞，喜悦就会施舍，愤怒就会打斗。而且这些情绪都是交替变化的，有爱好就有厌恶，有喜悦便会有愤怒，有哀怨便会有欢乐，这都是正常现象。人要合理调节和平衡各种情绪，才能“协于天地之性，是以长久”。

而现代心理学在经过大量科学研究之后也发现，人的心理防御机制之一，就是哀怨。其特征就是不停地哀伤、抱怨，有的以悲伤的形式，以受害者的哀怨形式。其原因在于自己的一些迫切愿望得不到回应之后，期望自己能够得到一些理解，受到照顾和怜惜。就像农民求雨不得之后抱怨老天爷，那些不停地抱怨，不是为了得到想要的东西，而是在逃避自己的愿望无法实现而引发的委屈感和无能感。

更深一层的解读是，所有的哀怨、抱怨，都与我们哀怨、抱怨的对象无关，而只与我们自己有关。我们其实是在通过哀怨、抱怨这种形式，来逃避因我们的愿望无法实现而引发的自身的委屈感和无能感。

很多人所不知晓的是，人之所以常常沉浸在哀怨、抱怨中，是因为当我们把矛头的方向，转向别人、转向社会的时候，也就是当我们在抱怨别人、抱怨社会的时候，我们的内心会觉得舒服一点，会少一些不开心。

中国文学里的哀怨

哀怨之情无法倾诉时，就会借文字、音乐、书画等表达。所以，从《诗经》开始，先民们就淋漓尽致地宣泄自己的各种哀怨了。

有的是闺房之怨，源于男女之情受限。这一类又大致分两种，一是相思之苦，由于繁重的兵役、劳役，迫使男子不得不远离父母甚至是新婚的妻子。留守在家的妻子，长期守着空房，念着远行的丈夫，陷入苦苦相思，如《诗经·周南·卷耳》《诗经·召南·殷其雷》《诗经·周南·汝坟》《诗经·召南·草虫》《诗经·卫风·伯兮》《诗经·王风·君子于役》等诗篇。一是遭弃之悲，宗法制下，以男性为中心的社会导致婚后妇女成为附属品。只要婚后生活出现变故，受伤害的永远是女子，甚至被休、被抛弃，倾诉自身经历和内心悲伤的弃妇诗由此而生。有诉说自己被男方抛弃的处境和心情的，有哀叹不幸遭遇的，有埋怨男方背信弃义的，如《诗经·卫风·氓》《诗经·邶风·谷风》《诗经·邶风·终风》。

有的是生存悲歌，命运哀叹。世事的无常，生活的苦难，命运的不公，每个时代都有，感叹命运的悲歌由此而生。有表现下层劳动人民的生存哀伤，倾诉由于沉重的徭役、兵役，带来的痛苦和折磨、生产的破坏、家庭的分离、父母无人奉养等，例如《诗经・邶风・式微》《诗经・邶风・击鼓》《诗经・魏风・陟岵》《诗经・唐风・扬之水》等。也有表现下层官吏的辛劳艰辛，生活所迫，他们披星戴月，辛苦劳碌，甚至穷困潦倒，痛心疾首，如《召南・小星》《邶风・击鼓》《魏风・园有桃》《魏风・陟岵》等。

这些哀怨的情感，在《古诗十九首》里以文人的笔墨被继承和展现，比如这首《迢迢牵牛星》。在《古诗十九首》之后，各种哀怨诗章应有尽有。

南北朝谢朓《玉阶怨・夕殿下珠帘》写恋人的哀怨："夕殿下珠帘，流萤飞复息。长夜缝罗衣，思君此何极。"萧衍《捣衣诗》写思妇的哀怨："阴虫日惨烈，庭草复芸黄。金风徂清夜，明月悬洞房。袅袅同宫女，助我理衣裳。参差夕杵引，哀怨秋砧扬。"①

唐代徐玄之写采莲女的哀怨："纤手周游不暂息，红英烂熳殊未极。夕鸟栖林人欲稀，长歌哀怨采莲归。"②陆龟蒙写宫女的哀怨："草著愁烟似不春，晚莺哀怨问行人。须知一种埋香骨，犹胜昭君作虏尘。"③李白写人生不得志的哀怨："大雅久不作，吾衰竟谁陈？王风委蔓草，战国多荆榛。龙虎相啖食，兵戈逮狂秦。正声何微茫，哀怨起骚人。"④赵徵明写征夫的哀怨："常恐道路旁，掩弃狐兔茔。所愿死乡里，到日不愿生。闻此哀怨词，念念不忍听。"⑤南宋文天祥写人生不如意的哀怨："入门依旧四壁空，一斛旧水藏蛟龙。年过半百不称意，

---

① 卢盛江，卢燕新. 中国古典诗词曲选粹・魏晋南北朝诗卷[M]. 合肥：黄山书社，2018.

② 彭定求. 全唐诗[M]. 上海：上海古籍出版社，2010.

③ 彭定求. 全唐诗[M]. 上海：上海古籍出版社，2010.

④ 彭定求. 全唐诗[M]. 上海：上海古籍出版社，2010.

⑤ 彭定求. 全唐诗[M]. 上海：上海古籍出版社，2010.

此曲哀怨何时终。”[1]清代王士禛写悲秋的哀怨：“愁生陌上黄骢曲，梦远江南乌夜村。莫听临风三弄笛，玉关哀怨总难论。”[2]

哀怨与生活的味道

人类哀怨之情的根源：人都期望自己得到的利益配得上自己的付出。

人与人之间、人与社会之间，都存在一种潜在原理：人们都在寻求以最小代价就能获取最大奖赏的社会交换效果。

这里的奖赏，在人与人之间形式多样，包括在交往中任何值得拥有和受人欢迎的东西，以及给我们带来愉悦和成就感的东西。既有和感情无关的好处，如及时的帮助，让人喜欢的物品等，也有亲密感，比如从朋友、恋人、配偶、亲人等那里获得的接纳、支持、欣赏。

人与社会之间也大致相同，个人所作的努力、付出的辛劳、取得的成就等，都期望能够获得最大程度的利益。

与奖赏相反的是代价。代价是人与人交往、人与社会交往，那些令人不悦的付出，包括拿出金钱、为别人买单、身体劳累甚至受伤等。

人总是在寻求更好的结果。

人所不清楚的是，其实在各种关系中，我们都会十分在乎付出的值得不值得，也就是做权衡，做衡量。如果感觉付出的远远大于得到的，就会怅然若失，就会痛苦、伤心、哀怨。有人说，付出感是最伤害人的情感。对自己，对别人都是最有伤害性的。只是对这一事实，我们不愿意承认，或者没有觉察到。所以，纵览古今中外的哀怨之叹，无不与两大关系密切关联：人与人之间、人与社会之间。

---

① 文天祥. 文天祥诗集校笺[M]. 刘文源，校笺. 北京：中华书局有限公司出版，2017.
② 王小舒. 王士禛诗选译[M]. 成都：巴蜀书社，1994.

当我们对别人产生哀怨时，一定是自我感觉我们的付出没有得到应有的感情回报、物质回报、安全感回报等。觉得我们对对方的好，远远大于对方对我们的好。

当我们对社会产生生不逢时、怀才不遇、有志无时、壮志难酬、大材小用等哀怨时，一定是感觉自己的才华、能力、付出的辛劳等，远远没有得到应有的名誉、利益、地位、金钱等。

《迢迢牵牛星》全诗十句，可分三层。前两句分别从牵牛、织女着笔，借神话传说中牛郎、织女被银河阻隔而不得会面的悲剧，抒发女子离别相思之情，写出了人间夫妻不得团聚的悲哀。中间四句，专就织女角度来写，描绘她虽然整天在织布，却织不成布的悲伤情形。字里行间，哀伤中藏着不满，怨气中含着反抗。最后四句诗人抓住银河、机杼这些和牛郎、织女神话相关的物象，通过织女在孤独凄清中有情思亲、无心织布、隔河落泪、对水兴叹的场景，来喻指人间离妇对辞亲去远、辛劳在外的丈夫相思之情。

细品来，每两句一转折：有分离之哀，劳作之苦，悲伤之痛，阻隔之怨、可望而不可即之愤，整首诗反映了汉末社会动荡时期，因为战争、徭役、求生等，千千万万平常夫妻的生活困苦、精神困苦。

《迢迢牵牛星》，哀怨的不是爱情婚姻，而是人生岁月。

更深一点看，这并不是哀怨，只是生活的味道。

绘　刘德贵（上海开放大学人文学院文学艺术系教师）

回车驾言迈

回[1]车驾[2]言[3]迈[4]，悠悠[5]涉长道[6]。
四顾何茫茫[7]，东风[8]摇百草[9]。
所遇无故物[10]，焉得不速老。[11]

盛衰各有时⑫，立身⑬苦不早⑭。
人生非金石，⑮岂能长寿考。⑯
奄忽⑰随物化⑱，荣名⑲以为宝。

注释

①回：转也。②驾：象声词。③言：语助词。④迈：远行也。一说喻声音悠长。⑤悠悠：远而未至之貌。⑥涉长道：犹言“历长道”。涉，本义是徒步过水；引申之，凡渡水都叫“涉”；再引申之，则不限于涉水。⑦茫茫：广大而无边际的样子。这里用以形容“东风摇百草”的客观景象。⑧东风：指春风。⑨百草：新生的草。⑩无故物：承“东风摇百草”而言。故，旧也。⑪“焉得”句：是由眼前事物而产生的一种联想，草很容易由荣而枯，人又何尝不很快由少而老呢？⑫各有时：犹言“各有其时”，是兼指百草和人生而说的。“时”的短长虽各有不同，但在这一定时间内，有盛必有衰，而且是由盛而衰的。⑬立身：犹言树立一生的事业基础。⑭早：指盛时。⑮“人生”句：言生命的脆弱。金，言其坚。石，言其固。⑯寿考：犹言老寿。考，老也。此句意为即使老寿，也有尽期，不能长久下去。⑰奄忽：急遽也。⑱随物化：犹言“随物而化”，指死亡。⑲荣名：美名。一说指荣禄和声名。

译文

转回车子驾驶向远方，天高地远，长路漫漫。
沿途四野无边苍茫，春风劲吹，野草翻着波浪。
眼前所见皆是往昔事物，血肉之人怎能不迅速衰老？
盛衰各有时，只苦这功名来得实在不早。
人无金石之坚固，谁又能长寿不老？
倏忽之间生命就会物化，富贵荣禄本来就是人生之宝。

※解读

你是我的镜子，也是我的远方

很有意思的一个现象：许多时候，一个人忽然追问起人生的意义，都是受了大自然某种物象的启示。在某个时刻，因为自然物象的启发，一个人开始反观自我，继而寻找自己的方向，就像一首诗句所表达的那样：“你是我的镜子，也是我的远方。”

就像本诗的作者，某一天，百无聊赖的他远离亲友，独自上路，没有目标，没有方向，信马由缰只顾走。待到无人之境，他举目环顾，广阔四野杳无人迹，唯有浩浩春风，吹拂着无边草原。天空、大地、草木花鸟，皆欣欣向荣，生机勃勃。忽然间他就警醒了——冬去春来，夏去秋来，万物时时更新，俗话说，人生一世，草木一秋，人又怎能不衰老？发芽有时、枯萎有时的草，生有时、死有时的人哪！可是，让我万分苦恼的是自己至今还没有建树功名业绩，还是籍籍无名，碌碌无为。这人，可不是坚固的金石啊，就那么几十年的光阴，衰老死亡真是一眨眼的事！所以人哪，一定要珍视荣禄和声名！

《古诗十九首》绝大多数篇章都显示了这样的特征：由自然物象开始，由人生感喟结束；以自然状态发端，以百感交集、黯然神伤终结。如《行行重行行》《青青河畔草》《青青陵上柏》《涉江采芙蓉》《明月皎夜光》《冉冉孤生竹》《庭中有奇树》《迢迢牵牛星》《回车驾言迈》《东城高且长》《驱车上东门》《去者日以疏》《凛凛岁云暮》《孟冬寒气至》和《明月何皎皎》。

这种从自然物象得到的自我观照和内在激发，让《回车驾言迈》的作者，在迷惘彷徨中找到了一个“彼岸”：还是要珍视荣华富贵与功名利禄，拼搏当及时！让他那原本没有意义的人生，似乎又有了些意义，又有了目标。

这样一个“彼岸”世界的树立，让千千万万呕心沥血、疲惫奔波的读书人，找到了一个价值关怀对象，找到了“少小离家老大回”“学成文武艺，货与帝王家”的巨大动力。

正是这种从先秦“三不朽”的圣贤式的高大上追求，进入世俗生活的荣华富贵、功名利禄博取，消解了无数追逐者的孤独哀伤、委屈深怨，弥补了他们为之付出的人格代价和自我尊严，抚慰了他们心灵的深哀剧痛。在名利的光环下，一切付出都似乎“值得”了。所以，前赴后继地追名逐利，也成了世俗的一道永恒景观。

尽管在追逐的路上，不知上演了多少出如李斯、和珅那样的人间惨剧，还是有无数人在这条道路上乐此不疲！

真的说不清楚本诗主人公在感悟人生意义时，所展现的精神追寻，到底是对人生悲剧状态的超越，还是一种清醒与自觉后的再入歧途？

到了现当代社会，这种把取得功名当作人生意义的情结，也绵延到了社会各个层面的群体，就连家境优渥的女作家张爱玲也曾说过：“出名要趁早呀，来得太晚，快乐也不那么痛快。”

浮生若梦，醒悟几何

人生在世，如朝露，如闪电，不过是匆匆而过走一遭，对这一点的清醒意识，本身就带有悲剧色彩。

但是，人又是天地之间唯一能够追问自身存在意义的动物。在转瞬即逝的时间河岸，人总想抓住些永恒的东西。这就像美国现代哲学家詹姆士在《人之不朽》里说的那样：“不朽，是人伟大的精神需要之一。”

所以早在先秦时期，面对人生短暂的终极结局，人们就开始了超越生死、到达不朽彼岸的寻找。

其中影响最大的，就是《左传·襄公二十四年》里记载的“三不朽”说，也是仁人志士孜孜以求的一种凡世的永恒价值：“穆叔如晋。范宣子逆之，问焉，曰，‘古人有言曰：“死而不朽”，何谓也？’穆叔未对。宣子曰：‘昔匄之祖，自虞以上为陶唐氏，在夏为御龙氏，在商为豕韦氏，在周为唐、杜氏，晋主夏盟为范氏，其是之谓乎！’穆叔曰，以豹所闻，此之谓世禄，非不朽也。鲁有先大夫曰臧文仲，既没，其言立。其是之谓乎？豹闻之：‘太上有立德，其次有立功，其次有立言。’虽久不废，此之谓不朽。”

这里记载的，是有一次叔孙豹去晋国访问，迎接他的范宣子问他什么是死而不朽，叔孙豹没有回答。范宣子就举出祖先世系作为例证，叔孙豹反驳说：这只是世禄，不是不朽的涵义。真正的不朽分三个等级：一等的是立德，其次的是立功，再次的是立言。

叔孙豹说的“立德”，是指创制垂法，博施济众，圣德立于上代，惠泽被于无穷，例如上古圣王及周公、孔子均是如此。“立功”，是指拯厄除难，功济于时，例如夏禹、后稷也是如此。“立言”，是指论及要理，足可传记，例如老、庄、孟、荀、屈、宋、司马迁、班固之流。

唐人孔颖达在《春秋左传正义》中，对德、功、言三者分别做了界定：“立德，谓创制垂法，博施济众”，“立功，谓拯厄除难，功济于时”，“立言，谓言得其要，理足可传”。

“三不朽”中，“立德”有赖于见仁见智、众口难调的外界评价；“立功”需要跻身垄断性和风险性极强的官场，这些常常非一介士子能力所及。于是，读书人把目标聚焦在“立言”上，并将之视为人生第一要务，孜孜以求，就像曹丕所言：“盖文章，经国之大业，不朽之盛事。年寿有时而尽，荣乐止乎其身，二者必至之常期，未若文章之无穷。是以古之作者，寄身于翰墨，见意于篇籍，不假良史之辞，不托飞驰之势，而声自传于后。”①

这种人生态度延伸到一般人，就是唯有发挥人性善良一面的天德良知，对历史文化、政经社会有实质上的贡献，或是有千古不磨的真知灼见，才可能有永恒不朽的价值。

可以说，“三不朽”学说的提出，是对殷周以来重鬼神思想的一次重大突破，对后世的道德价值生命观影响很大。

对死后“不朽”的追求，可以激励个体释放出巨大的生命潜能，自我砥砺，奋然前行，建功立业，有所作为。许多英名留世的人，都是在此感召下，经过艰苦卓绝的努力，成为人类的精神标尺和中流砥柱的。

可是，尽管叔孙豹否定了因世禄而不朽的观念，然而在世俗大众的人生观里，追求世禄功名，以取得不朽，依然是许多人的人生意义所在。

胡适先生在他的《不朽——我的宗教》中，指出“三不朽论”有三层缺点：只限于极少数人；没有消极的制裁；功、德、言的范围太模糊。他提出“社会的不朽”：“我这个现在的‘小我’，对于那永远不朽的‘大我’的无穷过去，须负重大的责任，对于那永远不朽的‘大我’的无穷未来，也须负重大的责任。”“‘小我’虽然会死，但是每一个‘小我’的一切作为，一切功德罪恶，一切言语行事，无论大小，无论是非，无论善恶，都永远留存在那个‘大我’之中。”

胡适的“社会的不朽”论，旨在把每个人的行为，与人类的历史发展关联在一起，给有限的个体生命赋予永恒的意义，人的一言一行、所作所为，无论是非功过、积德造孽，都要被历史记上一笔。

---

① 魏宏灿. 曹丕集校注[M]. 芜湖：安徽大学出版社，2000.

万言千语，谆谆以告。可是，茫茫人海，浮生若梦，醒悟几何？

有一种就地“躺平”，叫淡泊名利

自古以来，有无数的出世隐者，留下话来叫我们淡泊名利，言之谆谆：知足常乐。他们品行高洁，卓然于世，在陋巷，饭疏食饮水，不改其乐，被奉为处世智者，人生楷模。

于是，有很多人自小开始就无所事事，到处闲荡，香车宝马，遛狗斗鸡，用祖辈留下的家业混吃混喝，直到败尽家业，困窘而死。

细细想来，这世上从生下来到老死都不愁吃不愁喝、衣食丰足的人有几个？

皮之不存，毛将焉附？没有名利，何谈淡泊？淡泊名利的前提条件，是你必须有名利。蔑视名利，必须是你有名利，不缺它！因此，自身根本就没有名利的，说自己淡泊名利就是某种程度的自欺欺人。

更有一种人懒懒散散，得过且过，不努力，不进取，一个人生活都捉襟见肘，还不负责任地连累家人孩子。只管自己吃喝玩乐，无视家人孩子衣食所需，成长教育所需，眼睁睁看着家人孩子因为自己萎靡不振而敝衣枵腹，却拿淡泊名利、知足常乐当挡箭牌，不是很滑稽可笑吗？

对绝大多数不劳碌、不奋斗，连吃饭穿衣住房都成问题的人而言，淡泊名利也许是个伪命题。因为你不去博取名利，你和你的家人就得被名利打得面目全非，衣衫褴褛。

所以，人可以平平淡淡一时，但不可以平平淡淡一生。心和日子，皆然。

平平淡淡才是真的说法，有时是失败者的安慰奶嘴，是受挫者的自慰剂，是不求上进者的聊以自宽，也是成功者的一种自我宣言，是胜利者的旗帜飘展。

仅仅有平淡而无激情的生活，也许就不是生活，而是一沟绝望的死水；仅仅有平淡而无激情的人，他们有一颗自甘平庸的绝望心。

绘 刘德贵（上海开放大学人文学院文学艺术系教师）

东城高且长

东城[1]高且长，逶迤[2]自相属。
回风[3]动地起[4]，秋草萋已绿[5]。
四时更变化[6]，岁暮一何[7]速。

晨风[8]怀苦心[9]，蟋蟀伤局促[10]。
荡涤[11]放情志[12]，何为自结束[13]。
燕赵[14]多佳人，美者颜如玉[15]。
被服[16]罗裳衣，当户理[17]清曲。
音响一何悲，弦急知柱促。[18]
驰情[19]整中带[20]，沈吟[21]聊踯躅[22]。
思为双飞燕，衔泥巢君屋。[23]

注 释

①东城：指洛阳的东城。②逶迤：道路、河道等弯曲而长。③回风：空旷地方自下而上吹起的旋风。④动地起：言风力之劲。⑤萋已绿：犹言“绿已萋”，是说在秋风摇落之中，草的绿意已凄然向尽。“萋”，通作“凄”。“已”，一作“以”。⑥更变化：谓互相更替在变化着。更，替也。⑦一何：何其，多么。⑧晨风：鸟名，就是鹯鸟、鸷鸟，是健飞的鸟。⑨怀苦心：即“忧心钦钦”之意。⑩局促：不开展也。有紧迫、窘困之意。秋季渐寒，蟋蟀就暖，由旷野入居室内，到了“在堂”，则是秋意已深，蟋蟀的生命也就垂垂向尽了。“伤局促”，隐喻人生短暂的悲哀。⑪荡涤：犹言洗涤，指扫除一切忧虑。⑫放情志：谓展胸怀。⑬自结束：指自己拘束自己。结束，犹言拘束。⑭燕（yān）赵：犹言美人。⑮如玉：形容肤色洁白。⑯被（pī）服：犹言穿着。被，披也。⑰理：指“乐理”，当时艺人练习音乐歌唱叫作“理乐”。⑱弦急知柱促：“弦急”“柱促”从两面表明弹者情感的激动激越。⑲驰情：犹言遐想，深思。⑳中带：内衣的带子。一作“衣带”，又作“巾带”。㉑沈吟：沉思吟咏。沈，同“沉”。㉒踯躅：且前且退貌，住足也，极端悲哀之情的外现。此句表现无以自遣的怅惘心情。㉓“衔泥”句：意指同居。君，指歌者。

※ 译文

帝都洛阳的东城墙，曲折回环又绵长。

旋风动地拔地而起，原野上的秋草已一片枯黄。

四季交替不曾片刻停息，转瞬之间一年又到了年底。

鸟在风中忧伤地盘旋，蟋蟀也因寒凉悲鸣不已。

为何不涤除烦忧纵情开怀去寻求生活乐趣？人生苦短何必时时约束自己！

燕赵之地自古多佳人，美者真是容颜如玉皎洁秀丽。

身着飘逸柔衫，静坐在窗前轻奏清商之曲。

那乐曲为何如此悲伤？弦音高亢激越是因为弦柱调得太过紧。

无限遐想中情不自禁地抚弄衣带，反复沉吟曲中深意踯躅不前。

我愿与君化作那双飞燕，衔泥筑巢永远相伴。

※ 解读

爱情是一种虚幻建构

人类所有的情愫里面，恐怕没有哪一种能够像爱情这样虚幻。有科学家研究结果说，爱情是一种虚幻的“客体稳定性”建构。

一个人在深深陷入情网，迷恋上另一个人的时候，会时时刻刻觉得那人都在眼前浮现，伊人的样子，伊人的言语，伊人的举止，伊人的笑，伊人的气息……不管伊人是否真的在眼前。

想象中，伊人既是身边的那份充实，也是远隔千山万水放不下的身影，是时常忍不住想凝视的面庞，也是深夜无眠时浮现的那张笑颜。在幻想里，许许多多尚未发生的美好场景，都会在我们的想象中呈现。那是一种永远存在的感觉。

所有这一切,其实都是一种虚幻的“客体稳定性”建构。

这种虚幻的“客体稳定性”建构,本来就存在于我们对其他人的想象之上,也许这种想象对方能够实现,也许对方不能够实现。不管这些是否与实际吻合,我们都会想象。也就是说,一切在于主体对客体的想象,在想象中的建构。

实质上,对方情感的情形并不一定就是我们想象的那样。我们在深深思念对方时,也许伊人在想念别人,或者根本就不在情感圈子里。也许在想着他的事业,他的功名,他的业绩,他的对手。

如这首《东城高且长》,诗中痴情的奇思异想,自我想象,也只是虚幻建构罢了。

深秋的某一天,诗人大约是独自一人,徘徊在洛阳的东城门外。高高的城墙,逶迤婉转,鳞次栉比的楼宇、房舍参差其间。环顾四野茫茫,秋风在大地上激荡,往昔葱绿的野草,已经变得苍苍茫茫。睹物念人,诗人看到眼前的景象,内心不由隐痛顿悟:年复一年,回环往复,风尘老却少年郎,自己在匆匆逝去的时光中渐渐老去。人生一世,不过草木一秋!宁静中,倾耳静听中,有鸟啭虫鸣,好似多了一重苦闷难伸:鸟在风中苦啼,蟋蟀因寒哀鸣。老去的不只是人,还有自然界的一切生命。那么,我该如何活着?与其处处自我约束,等到迟暮之际再悲鸣,还不如早些涤除烦忧、放开情怀去寻乐趣!

至此,心中的疑虑一经解除,诗人那久抑心底的声色之欲便勃然而兴——身在东城外的他,竟做了一个极美妙的燕赵佳人梦:恍惚间,在众多粉黛丛中,他得遇了一位颜如玉的佳人。而且奇特的是,一转眼,这佳人便罗裳飘拂、仪态雍容地端坐在窗下,铮铮地习练着清商之曲。

可是，再一听，那乐曲为何弹得如此悲伤，弦音高亢激越，是不是弦柱调得太紧？但读者明白，这情景虽然被描述得煞有介事，实际上不过是诗人情思所幻化的虚境而已。所以画面飘忽、转换也快，呈现出一种梦寐般的恍惚感。

最妙的是结尾部分：诗人情动难禁，一面抚弄衣带，反复沉吟，一面徘徊伤心，踯躅不前。情至于此，佳人竟然羞羞答答地吐露了心意，“思为双飞燕，衔泥巢君屋”，甘心情愿与诗人永结伉俪！

古老的典籍《列子·汤问》中，记载有起死回生之术的神医扁鹊在给人做手术时，为避免疼痛，先让人饮下一种“毒酒”，使其处于迷死状态。《后汉书》中也说东汉神医华佗发明了麻沸散。传说麻沸散是由曼陀罗花、生草乌、香白芷、当归、川芎、天南星等按照一定比例配制而成的。华佗还从扁鹊行医的经历中得到启示，手术前，将酒和麻沸散混在一起让病人吞服，酒助药力，这样能够更好地让病人全身处于麻醉状态，因而减少了病人的疼痛感。到了后代小说《水浒传》《隋唐演义》《七侠五义》等，这种东西就演变成了蒙汗药，可以止疼、麻醉、让人进入迷死状态。

爱情作为一种虚幻的“客体稳定性”建构，其实就是一剂“蒙汗药。”

尽管爱情的虚幻和尘世的不可把握，给人生涂上了浓重的苍凉底色。一如《金刚经》有云：“一切有为法，如梦幻泡影，如露亦如电，应作如是观。”但是，它依然是人类永恒的精神慰藉。因为虚幻，所以美好；因为美好，所以留恋；因为留恋，所以会付出，甚至付出生命也在所不惜。

真所谓：“美人赠我蒙汗药，何以报之英琼瑶！”

执子之手，与子偕老

本诗的集结点，就在诗章结尾，如一剂良药：“思为双飞燕，衔泥巢君屋。”它以一种圆融弥合了前面的苍凉、悲苦。

何以言之？让我们从《诗经·邶风·击鼓》说起。

《击鼓》之所以具有经久不衰的魅力，亮点就在那句誓言与承诺：“死生契阔，与子成说。执子之手，与子偕老。”

誓言，可以说是文学艺术作品诗意的按钮。

首先是誓言的秘密：立誓，是一种元语言事件。

双方，或者几方，立誓意味着，从此以后，你不再是你，我不再是我。你不再是之前孤独的你，因为你有了我；我不再是之前孤独的我，因为我有了你，有了你们。我们都有了彼此。我们是对方的锚，是对方的岸，是对方的港，是对方的伞，是对方的靠山。

首先誓言的结构，可以用 $x+\mathrm{a}$ 表达。x：变量，a：常量。a：保证誓言成为誓言。没有a，任意说出的 x 都是平常话。比如：“不管发生什么事（x），我都和你在一起（a）！”

其次是誓言的作用。誓言不是纯粹语言，是一种关系确立。

再次是誓言的意义。这种意义有三层：“我们”信仰什么，对什么起誓；“我们”遵循秩序、契约；“我们”有守誓之福，或者有违誓之祸。

最后是誓言的价值。立下誓言，价值也有三层：我们双方断定诸神存在；我们都相信天、地、人、神共在一个世界；我们只要践踏誓言，就意味着践踏信仰。

人为何需要誓言？原因主要有三个：我们都是孤独、羸弱的人；我们的未来都有不确定性；我们每个人都有寻求生命、生活稳定的本能。

人为何会立誓？立誓，有三个诞生条件，一是相互依赖，会产生誓言。二是感到幸福，非常满意，会孕育誓言。三是深爱的感情、善良的品格，会催生誓言。

为何誓言、承诺最动人？因为承诺不易，坚守更不易。承诺，意味着承担，担起责任，坦荡相对，意味着立誓者必须有一颗拳拳之心，坚守誓言更需要一种矢志不移的品性。如刘备、关羽、张飞三个人的誓言："不求同年同月同日生，只愿同年同月同日死。"

《东城高且长》第一层（前十句）的感物伤怀，第二层（中八句）的孤独幻想，都在最后的"思为双飞燕，衔泥巢君屋"中化解了，释然了。这就是人与人之间承诺的秘密，誓言的秘密。

人生充满劳绩

海德格尔曾经以他的诗性思维和诗性语言，解读凡·高的名画《农鞋》："鞋具磨损的内部那黑洞洞的敞口中，凝聚着劳动步履的艰辛。这硬邦邦、沉甸甸的破旧农鞋里，聚积着那寒风料峭中迈动在一望无际的永远单调的田垅上的步履的坚韧和滞缓。鞋皮上粘着湿润而肥沃的泥土。暮色降临，这双鞋底在田野小径上踽踽而行。在这鞋具里，回响着大地无声的召唤，显示着大地对成熟的谷物的宁静的馈赠，表征着大地在冬闲的荒芜田野里朦胧的冬眠。这器具浸透着对面包的稳靠性的无怨无艾的焦虑，以及那战胜了贫困的无言的喜悦，隐含着分娩阵痛时的哆嗦，死亡逼近时的战栗。这器具属于大地，它在农妇的世界里得到保存。正是由于这种保存的归属关系，器具本身才得以出现而自持，保持着原样。"①

透过凡·高的《农鞋》，海德格尔看到岁月和季节，看到了大地，

---

① 马丁·海德格尔. 海德格尔文集·艺术作为真理——艺术作品的本源[M]. 孙周兴，译. 北京：商务印书馆，2020.

看到了大地上人们的辛勤、劳作、承受，看到了期望与追寻，无奈或无怨，看到了收获的喜悦或者徒劳的失意，看到了一位母亲、妻子，乃至人生各种角色的悲欢离合、爱恨情仇。

品读《东城高且长》，联系它的结句，思索人与人之间的立誓，守誓的珍贵、神圣性质，可以感悟到三点。首先，誓言本身就是一场恩泽，它是基于亲情、友情、爱情的结晶；其次，它的出现，需要立誓者的无私、体贴、关爱、奉献；再次，每一种誓言的坚守，都困难重重，甚至会牺牲生命。

所以，一个人、一群人立誓、守誓的过程，就显示了人生之美，生命之美，人类之美。就像《诗经·邶风·击鼓》中的“死生契阔，与子成说。执子之手，与子偕老”。汉乐府民歌《上邪》中的“上邪！我欲与君相知，长命无绝衰。山无陵，江水为竭，冬雷震震，夏雨雪，天地合，乃敢与君绝”。它张扬的是：一诺千金，一言九鼎，不离不弃，天长地久。

人类的爱情、友情、亲情，都需要一世光阴，信守承诺：别担心，有我在！

而文学、艺术，本身就是人类的心灵隐秘史，其最大的意义在于抚慰人心，激励意志，让人在深刻的浸染中，进行教育与自我教育。可以说，誓言、承诺，是美好生活的支撑点，是人向往一生的幸福。

“携一人白首，择一城终老”的网红语之所以感人至深，流传甚广，就在于此。

每个坚守誓言和承诺的人，都是在维护人类真、善、美，体现人类的伟大以及人性的坚韧可信，他们都是人类精神家园的守候者。

人生艰难，没有谁真的岁月静好，唯有坚守、砥砺、完善，才能让你踏上幸福归途，回到身体和精神双重的家园。

绘　刘德贵（上海开放大学人文学院文学艺术系教师）

驱车上东门

驱车上东门①，遥望郭北②墓。
白杨③何萧萧，松柏夹广路。
下有陈死人④，杳杳即长暮。⑤

潜寐[6]黄泉下，千载永不寤[7]。
浩浩阴阳移，[8]年命[9]如朝露。
人生忽[10]如寄[11]，寿无金石固。
万岁更相送，[12]贤圣莫能度。[13]
服食[14]求神仙，多为药[15]所误。
不如饮美酒，被[16]服纨与素[17]。

注释

①上东门：洛阳城东面三个门中最北头的门。②郭北：城北。洛阳城北的北邙山上，古多陵墓。③白杨：古代多在墓上种植白杨、松、柏等树木，作为标志，便于子孙祭扫。④陈死人：久死的人。陈，久。⑤杳杳：幽暗貌。即：就，犹言“身临”。长暮：长夜。这句是说，人死后葬入坟墓，就如同永远处在黑夜里。⑥潜寐：深眠。⑦寤（wù）：醒。⑧浩浩：流貌。阴阳：古人以春夏为阳，秋冬为阴。这句是说岁月的推移，就像江河一样浩浩东流，无穷无尽。⑨年命：犹言“寿命”。⑩忽：匆遽貌。⑪寄：旅居。⑫更：更迭。万岁：犹言“自古”。这句是说自古至今，生死更迭，一代送走一代。⑬度：过也，犹言“超越”。这句是说圣贤也无法超越“生必有死”这一规律。⑭服食：服食丹药以求长生不老。⑮药：这里专指丹药。⑯被：同“披”，穿戴。⑰纨与素：细致光洁的绢，古代视为珍贵的衣料，所谓白縠之表，薄纨之里，即是。汉代宫廷以纨素为冬服，轻绡为夏服。纨素，就是洁白的绸绢。

译文

驱车来到洛阳城东门，遥望城北那一片坟墓。
白杨声萧萧响在耳畔，大路两边是森森柏树。
墓里埋着久死的人，坠入长夜昏暗之路。

深深沉睡在黄泉之下，千万年再也不会醒。

四时周转阴阳交替无停歇，人活一世宛如朝露。

人生匆匆就像个过客，谁的寿命能有金石坚固？

自古生死代代更迭，纵使圣贤也逃不掉这一步。

服食丹药想修炼成仙，却常常被那丹药所误骗。

不如索性放开饮美酒，穿绸着绢当下纵情享乐。

解读

生死追问，觉醒的标志

像中国古代各个时代的代表作一样，汉末文人五言诗里写生死的，占了很大分量。

尽管每个社会都有各不相同的生死追问背景，但还是不能不让我们上升到人类文化高度，去审视和思索这一现象。

“遍历痛苦之万劫，人渴求知道：他是谁？他从哪里来？他将归依何方？”俄国文学家别尔嘉耶夫的这一解读，在启示我们：人类的觉醒，单个人的觉醒，必定是在遍历痛苦之后。每个人都有自己的觉醒期，但觉醒的早晚决定个人的命运。平淡日子，安逸享乐，绝不会让你真的长大。而生死离别，爱恨情仇，坎坷遭际，不知哪一样会瞬间击穿你，让一个懵懂少年瞬间醒来，开始真正面对人生。

而且，走在路上是最艰难的，你筚路蓝缕撤下满路的荆棘，迎来的不一定是辉煌，很可能是另一段陡峭悬崖。直到你有一天膝盖被岁月磨破，跪倒在路上挣扎，呼告无门，想要放弃。这时候，你才知道什么叫人生，什么叫生存。就像英格兰哲学家托马斯·卡莱尔说的那样：“没有在深夜痛哭过的人，不足以谈人生。”

觉醒了的人，最根本的愿望，不是认识宇宙，而是认识自己。

有多少次夜深人静，我们抚心自问的，都不知世界是什么样子，而是我为什么会成为现在的样子，我活着的意义是什么。

仅仅知道自己活在什么状态下是不够的，人最想知道的，是活着的意义。

人最终都要回家

自古至今，“家园意识”一直伴随着人类。不管你贵为帝王，还是贱为草根；不管你远在异乡，还是近在邻村，你灵魂深处闪烁最频繁的一个念头，就是“回家”！

你仔细观察那些跟随大人出门的小孩子，渴了，饿了，冷了，热了，跌倒了，受伤了，遭人呵斥了，第一反应都是恳求或哭诉：“我要回家！”

大人不也如此？受伤了，失败了，被打击了，栽跟头了，都会在心里打退堂鼓：不干了，回家算了！甚至功成名就之后，又有一定岁数了，你也会一念升起：不干了，回家！

试想汉末乱世的那些文人士子，离家千里，久不能归，交通不便，书信艰难。心中累积着无数对权贵卑躬屈膝的屈辱，有家难回的忧郁，孤独寂寥又无人理解的伤痛，他们早已身心交瘁。百无聊赖中，有一天走出郭门，看到城北大片的墓群，不禁悲从中来，痛感生死存亡乖隔，天高地远，无限苍茫，故乡无望，世事无常，一下子跌入低谷。

人总是在“安身”之后，还要“立命”。

期望有什么样的物质成就，只是我们奋斗目标之一，更重要的目标，是能有一个可以让我们精神栖息的港湾。可是，面包容易挣，房子可以买，车子可以买，书可以买，但想有精神家园可以止息，可以停泊，可以休息身心，难。而且，随着日子的不断变化，这样的精神家园也不断改变。所以,生活在别处就成了人类的一种幻想,一种“流浪情结”。为了“意义”,人不愿停留在“家”中,不愿长久停留在一个地方。

哲学家为此总结人类的精神,是“永远在路上”。

自我否定,是一片乌云

现代心理学认为,郁闷是一种消极情绪体验。在这种情绪下,人容易从认识上扭曲自己与现实的关系,头脑中会出现否定自己的消极暗示,甚至对事实颠倒黑白。继而,对自己的处境感到无能为力、无望、可怜、孤独甚至绝望。

话说诗中这个孤独寂寥的游子在城门外看到了荒凉墓地,一时间悲怆顿起——

人啊,活着的时间很短,死去的时间却很长。一旦辞世,就再也回不来了。

和无限的时间相比,人一辈子就是一滴露水,一阵风。谁不是过客呢?谁不是一晃而过呢?不管你是圣贤,还是凡夫俗子,所谓万寿无疆,一切都是不可能的!炼仙丹,求神仙,都不过是笑话。既然这样,那就索性纵情享乐吧,吃好喝好,快活一天是一天!

这种生存低谷中的自我否定情形,从一个侧面折射了中国古代文人的精神缺陷:从根本上缺少足够的精神性,或者说精神性比较弱。大多数人还停留在升官发财、吃喝享乐的肉体层次。

精神性指向两个层面:理性和超越性。理性属于头脑,超越性属于灵魂。所谓理性,就是有自己的头脑,在知识的问题上认真,善于穷究根源,追根问底。在生死问题上,以科学的态度深入琢磨,然后以科学的结果认知,坦然面对死亡。所谓超越性,就是对生活意义的追求，类似于宗教精神，表现出来，就是关心人的精神生活，尊重人的价值，尤其是尊重人的精神价值。

理性、超越性的羸弱，就产生了一个恶性循环：精神性越弱，实用品格就越强；实用品格越强，精神性就越弱、越远。落入现实，就是升官发财、肉体享乐至上，人人对此趋之若鹜，并将其奉为成功的圭臬。

也由于理性、超越性的羸弱，中国文人对知识性的东西，不喜追根究底，而是满足于大而化之，模棱两可，再加上绝大多数人对生死大事都讳莫如深。讳莫如深的结果，就是非理性的恐惧。

陷入恐惧，不能在精神价值的引导下走向超越，就必然跌落肉体欲望的泥潭。于是，一旦面对生死忧伤，就免不了现出破罐子破摔、好罐子也破摔的原形。吃好的，喝好的，今日有酒今日醉，管它明天怎么样！

看透了生命的悲剧性之后，由于无法承受其中的痛苦，干脆变得玩世不恭，仿佛一个经历沧桑瞬间衰老的弱者，对人生诸事都麻木了、淡漠了。也因此，最能代表汉末文人哀伤情怀的《古诗十九首》，呈现的都是世间哀——坎坷人生路，曲折世间哀。自我否定是一片乌云，足以遮挡生命里所有的光。

其实，在《古诗十九首》之前，中国文学里早已溢满人生短促之叹。

对着易逝的人生，有人宣称要及时行乐，抓住当下现实，如“今者不乐，逝者其耋”，“今者不乐，逝者其亡”等。有人因感慨死亡而泫然：“宛其死矣，他人是愉，”“宛其死矣，他人是保，”“宛其死矣，他人入室。”有人则要立身立名，抓住有限时光，实现理想和抱负，如：“汩余若将不及兮，恐年岁之不吾与。”“日月忽其不淹兮，春与秋其代序。惟草木之零落兮，恐美人之迟暮。”“老冉冉其将至兮，恐修名之不立。”“岁忽忽而遒尽兮，恐余寿之弗将。悼余生之不时兮，逢此世之俇攘。”这些诗词直言不讳最让人担心的是时光如流，死亡迫近，一辈子的理想和抱负化为泡影。

但是，到了《古诗十九首》，文人们感叹时间易逝，不再有实现理想、抱负落地的思考，而是完全陷入因时光流逝、必然死亡导致的忧伤、苦痛，甚至恐惧，这是前所未有的。

其情调的哀伤、心境的凄清、精神的孤寂，乃是一代文人追求幻灭后的入骨剧痛，精神绝望后的肉体坠落，无所归依的茫然仓皇。

也因此，《古诗十九首》无论写闺人怨别、游子思乡，还是写求宦无成、追求享乐，还是写渴望知音、嘲弄求仙，最终总要回归到对人生易逝、生命短暂的哀伤。

这也许是尘世凡夫俗子固有的生命意识：人生，除了死亡，其他全是擦伤。

在绝望的山上，砍下希望的石头

绘　刘德贵（上海开放大学人文学院文学艺术系教师）

去者日以疏

去者[①]日以疏[②]，来者[③]日以亲[④]。
出郭门[⑤]直视，但见[⑥]丘与坟。
古墓犁为田，[⑦]松柏摧为薪。[⑧]

白杨[9]多悲风，萧萧[10]愁杀人。

思还[11]故里闾[12]，欲归道无因[13]。

✲注释

①去者：与下句“来者”，指客观现象中的一切事物。②疏：疏远。③来：一作“生”。“生者”，犹言新生的事物，与“来者”同意。④日以亲：犹言一天比一天迫近。亲，亲近。以，古“以”“已”通用，意同。⑤郭门：城外曰郭，“郭门”就是外城的城门。⑥但：仅，只。⑦犁：一种农具。这里作动词用，就是耕的意思。这句是说，古墓已平，被人犁成田地。⑧摧：折断。这句是说，墓上的柏树，被人斫断，当作柴烧。⑨白杨：是种在丘墓间的树木。⑩萧萧：形容风声。⑪还：通“环”，环绕的意思。⑫故里闾：犹言故居。里，古代五家为邻居，二十五家为里，后来泛指居所，凡是人户聚居的地方通称作“里”。闾，本义为里巷的大门。⑬因：由也。

✲译文

死去的人已然随着岁月流逝渐渐疏远，活着的人则应随着时间日益亲切。

走出城门放眼望，只见遍地丘与坟。

古墓已被犁为耕地，墓地的松柏也砍下作柴。

白杨树在秋风里悲戚作响，萧萧之音愁煞人。

渴望尽快归故里，可是想回去却不知路在哪里。

✲解读

阅尽世情，打马归去

年轻时读辛弃疾《水龙吟·登建康赏心亭》，对那个因为秋风起，思念家乡的菰菜、莼羹、鲈鱼，而率性辞官回吴淞江畔，过平淡日子的张季鹰很不理解，觉得他胸无大志、苟且偷安，太不像个读书人了。

后来读了那一段史书，读了张季鹰的生平事略，慢慢就理解了。

张季鹰是苏州吴江莘塔人，父亲是三国孙吴的大鸿胪张俨。张俨去世后不久，西晋就灭了东吴，张翰就成了亡国的人。坚守忠君爱国传统伦理的张翰虽然才华横溢，精于诗文，却心怀亡国之痛，于是佯狂避世，恃才放旷，不愿受晋代礼法约束。

有一次他闲逛到阊门附近的金阊亭，听到琴声清越，心中大动。循声找去，原来是会稽名士贺循泊船于阊门下，在船中弹琴。虽然张季鹰和他素不相识，但一见如故，大有相见恨晚之感，告别时很是依依不舍。

当张季鹰得知贺循此行乃是去洛阳，就临时决定跟贺循一起去，当即登船就走，连家人也没告知。

后来张季鹰在洛阳也做了官，恰好晋室发生了八王之乱。深知官场水深火热的他，就在这个秋天，借口秋风起，自己太思念家乡的菰菜、莼羹、鲈鱼，于是挥笔写下著名的《思吴江歌》："秋风起兮木叶飞，吴江水兮鲈正肥。三千里兮家未归，恨难禁兮仰天悲。"而后毅然辞官回了吴淞江畔，在枫里桥外过着半隐居的日子。

淡泊功名利禄，阅尽世情之后，有的人，毅然打马归去就在一瞬间。《去者日以疏》的主人公也是这样一个人。

也许是人到中年，也许是长久离家在外，这个漂泊的人，越发感觉时光飞逝，老人别去匆匆，新人辈出而陌生，世事无常，命运天定，生死都不是自己能做得了主。人生的空虚与幻灭，常常萦绕在他心头。某一天，他一个人出了郭门，看到遍地都是野丘古墓，不由得心生悲怆和生死存亡之痛。抬眼望过去，那些死去的人，墓被平成耕地了，墓边的松柏，也被砍下当禾薪了。近处旷野，白杨在劲风中萧萧哀鸣，肃杀之气直冲人心。

突然间，他深觉人生如寄，岁月太快，自己何必继续飘在外面，不如赶紧归返故里，享受乱离中的骨肉团圆之乐。

可是，他怎么回去呢？何时回？从何处回？

从生到死有多远

那是一个女孩童声唱的。每一次听到歌词，都仿佛走在通向大荒之境的路上：

醒　来

从生到死有多远？呼吸之间
从迷到悟有多远？一念之间
从爱到恨有多远？无常之间
从古到今有多远？笑谈之间
从你到我有多远？善解之间
从心到心有多远？天地之间
当欢场变成荒台
当新欢笑着旧爱
当记忆飘落尘埃
当一切是不可得的空白
人生是多么无常的醒来
人生是无常的醒来
……

这个世界上，所有的生命都会死去，花鸟虫鱼，鸡猫狗兔，豹子大象……人也一样。文学、艺术、哲学、宗教等，有关宇宙、天地、生命、死亡、爱恋的文字，给我们的心灵涂满了苍凉，就像冬日寥落萧瑟的北方旷野之灰满天地。不知何时，不知何地，不知以什么方式，死亡就在前方等待我们。不管我们多舍不得这个世界，舍不得所有亲爱的人。

“去此若俯仰，如何似九秋。人生若尘露，天道邈悠悠”，刚强不屈、绝意反抗的阮籍，在深夜独自悲鸣。“年年柳色，灞陵伤别”，“西风残照，汉家陵阙”，豪放飘逸的李白，在乐游原上悲吟。“江山如画，一时多少豪杰”，旷达潇洒的东坡，在赤壁下苦笑。“狐眠败砌，兔走荒台，尽是当年歌舞之地；露冷黄花，烟迷衰草，悉属旧时争战之场。盛衰何常？强弱安在？念此令人心灰！”这是《菜根谭》的直言。“乱烘烘你方唱罢我登场，反认他乡是故乡。甚荒唐，到头来都是为他人作嫁衣裳。”曹雪芹一把辛酸泪，写下这警世荒唐言。

世间一切的生灭迁流，皆无定势，这个世界上没有永恒的东西。从来未曾有一事，不被无常吞没。人生更是充满了变数。此时我们在，一百年后呢？

人生是无常的醒来，也是无常的沉睡。

就此，佛家叫人不要再执，不要再执于财、色、名、食、睡，要放下人生八苦，生、老、病、死、爱别离、怨憎恚、求不得、五阴炽盛。我们都知晓八苦之苦需要放下，可是常常做不到，尤其是爱别离之苦。

人最放不下的，是那些来自亲人、爱人、友人的缕缕呵护和爱怜，哪怕细若游丝，我们都能凭着无须言说的飘在空中的气息体会得到，感知得到。所以，我们都要尽力理解他人，理解他人的酸甜苦辣，他人的爱恨情仇，他人的独自行走，乃至成败得失、个性自我、说与不说。谁都不易，活在这个世界中；谁都孤独，只要还有心灵；谁都有无以言表的苦痛，深入骨髓的那种。

从我们到别人有多远？就在善解之间。

死亡就是走出了时间

余华说，死亡不是失去生命，而是走出了时间。

每个人都害怕死亡。死亡是人的一切恐惧之源。如果人知道自己可以永远不死，还有什么畏惧？

害怕是来源于未知，人通常会对未知的东西充满无数想象。中国人自幼从大人那里得知死后变成鬼的说法，更让人对未知的死后想象充满紧张感与恐惧感。

想起20年前看过的一本书《世纪新梦》（李泽厚著）中的两句话："这个世纪末是一个无梦的世界。没有过去与未来，只有此刻的游戏和欢乐。""没有梦想没有意义没有灵魂的欢乐，还会是一种人的欢乐吗？"活在当下，很少有人不觉得压力大。当一个人在劳碌不止中变成倦行客，周末安静下来自由自在地读书，就有了一份沉淀和超越。

这种沉淀和超越，让我们轻得几乎可以浮在水面飞翔，抖落掉很多身上、心上的灰尘，甚至可以纯粹到和作者、和书中人物，面对面，人心对人心，让自己休憩放松片刻。

一些关涉诸如人事情感，生存意义的碰撞，其实是每个阅读者、作者的心理慰藉：这个世界有人和我们是一样的，有一样的痛点、快乐点、伤悲，因此我们不孤单。这感觉，就像暗夜中独自饮酒的人，忽然看到有杯子悄悄递过来，两只，接着一个和我们神情酷似的人坐在面前，轻言：倒满！

如此，一些被无意义琐事烦扰得沉重凝滞的疲倦的行人，就这样在一段文字、一段音频、一段视频中找到了另一个自己，以及自己想要的情怀、精神、激励和灵魂。

这种苍茫又温润的遇见和触动，一瞬间就加深了生命和精神的偶然性和邂逅感，让人在深思和振奋中慢慢清醒起来。

于是明白，人生的真谛就是不问永恒，不问永生，只管向着既定的目标往前走。所有的作为，也是在无意义中寻找意义，在绝望中寻找希望，在悲怆中击缶而歌。

马丁·路德·金说："我们要从绝望的山上，砍下希望的石头。"

绘　刘德贵(上海开放大学人文学院文学艺术系教师)

生年不满百

生年[①]不满百，常怀千岁忧[②]。
昼短苦[③]夜长，何不秉烛游[④]。
为乐[⑤]当及时，何能待来兹[⑥]。

愚者爱惜费⑦，但为后世嗤⑧。

仙人王子乔⑨，难可与等期⑩。

✲注释

①生年：有生之年，人生一世。②千岁忧：指很深的忧虑。千岁，多年，时间很长。③苦：以为苦。苦于。④秉烛游：犹言作长夜之游。秉，本义为禾把、禾束，引申为动词，意为手执、手持。⑤为乐：行乐，享乐。⑥来兹：就是“来年”。兹，新生草也。因为草一年生一次，所以训“兹”为“年”，这是引申义。⑦费：费用，指钱财。⑧嗤：讥笑，嘲笑，此处指轻蔑的笑。⑨王子乔：古代传说中的仙人。据《列仙传》记载驾鹤成仙。王子乔是东周人，传说是黄帝的后裔，东周灵王姬泄心的太子，本名姬晋，字子乔。⑩期：本义为约会、约定，这里引申为等待。

✲译文

人生只有短短数十载，却常怀千年忧愁在心头。

及时行乐却苦于白昼短暂，黑夜漫长，那为何不执火烛夜游？

活着行乐当及时，哪能等到以后？

愚蠢的人锱铢必较好守财，死了就会被后人嗤笑。

至于像王子乔驾鹤升天成仙的故事，世人恐怕很难期待那种日子的到来。

✲解读

我是谁，从何处来，往何处去

浩浩天地，茫茫宇宙，人类自脱离蒙昧状态，具有心智能力的时候起，就陷入了另一种痛苦深渊——带着迷惘的眼神，被一个最难解、最困惑的人类自身之谜纠缠：“我是谁？我从何处来，我又往何处去？”

人生的目的是什么？安身立命之处何在？人生的消逝，是永灭，还是有来世？当人开始思考这些问题的时候，就对死亡的不可避免性有意识了。

死亡是一团巨大的雾。我们不知道什么时候会死，死在何处，以什么方式死，也不知道死后会如何。但是，有一点很清楚：在任何地方，任何时候，死神都有可能找上门来，把我们从这个世界带走。从此，这个世界上不再有我们，无论是洪水滔滔，还是花开山南坡，都与我们无关了。

对死亡的惊悚认识，没有人能真的坦然无畏。于是，从各时代人心灵深处的种种有关人生飘忽的凄绝呼喊，回荡起来。从希腊抒情诗人品达的“阴影中的梦境”，到西班牙作家卡尔德隆的“生命如梦幻”，到莎士比亚的“我们是由梦幻织成的物品”，无不富于生命的悲剧感。而庄子的人生如“白驹过隙，忽然而已”与苏轼的“人生如梦”，则代表了中国古代文学家同样的悲吟。

为了对抗死亡的忧惧，很多人高呼要及时行乐，这种呼声遍及世俗大众层面。这种现象在先秦的《诗经》产生的时代就十分普遍了。

《诗经·唐风·蟋蟀》感叹时节流逝，时不我待，劝谕人们在不损害大节、不荒废职责的前提下放松身心及时享乐。作者把动物作为比照对象，反思生命的短暂，进而引发“今我不乐，日月其除”这一情绪。《诗经·唐风·山有枢》则通篇口语，借一个友人之口，更直接更犀利地讽刺那些只知道积累财富、看守财富的守财奴。这类人拥有财富却不知享用，也许是为了节俭，或者生性吝啬，或者只知道忙于事务，无法悠游安闲地生活，不能真正地享受人生。通篇带着怒气，言语激烈，严厉警醒，一片赤诚，大胆张扬享乐主义。其他如《诗经·

秦风·车辚》《诗经·曹风·蜉蝣》，也有类似表达。

《生年不满百》可谓一脉相承，带着对人生短暂、烦忧长存的了悟，以戏谑嘲弄加轻松旷达的语调，给世间吝啬聚财的“惜费”者，期望像王子乔那样的驾鹤成仙者，各自浇了一盆冷水。人生短短几十年，人们却常常怀着千年的忧烦！既然白昼苦短，长夜漫漫，为何不秉烛夜游欢笑达旦？为欢行乐当及时，哪能等到以后？只有那些蠢蛋傻瓜才会吝啬财富金银，留下笑柄给后人。还有人提到那成仙得道的王子乔，我辈哪能等得到那种日子的到来。

诗章语言极其直白易晓，前后两部分的思想情感都很清晰。前四句极言人生短暂，主张人应当及时行乐：“生年不满百，常怀千岁忧。昼短苦夜长，何不秉烛游！”后六句进一步宣扬自己对人生中的三种主张，要及时、不惜费、不要企慕神仙：“为乐当及时，何能待来兹。愚者爱惜费，但为后世嗤。仙人王子乔，难可与等期。”

有些东西想深刻了会怀疑人生

深刻的人很容易怀疑自己，进而怀疑人生，然后走上了那条追问的路。而人性都是相通的，呈现人性的文学艺术也是相通的。

法国画家保罗·高更在 1897 年创作了他享誉世界的名画《我们从何处来？我们是谁？我们向何处去？》(*Where Do We Come From? What Are We? Where Are We Going?*)这幅油画，现藏于美国波士顿美术馆。绘画在一片热带丛林中展开，画面中心是一个站立的中年人正在采摘野果，有暗示亚当采摘智慧之果之意。他的右边，前景中坐着三位正热烈交谈着的女子，女子旁边是个熟睡的婴儿；远处是两个穿长袍的母女相互搀扶着向远方走去。他左边的前景里，分别是小女孩、青年妇女和老妇人三人，她们神态各异，各自独立成像也许象征着人一生中三个不同阶段；远处有一尊神秘而古怪的神像，神像两边是一大一小正在祈祷的两个妇女。地面上还画着具有象征意味的小猫、黑山羊、鸟和蜥蜴等动物。整个画面完全是稳定的蓝色和绿色，鲜艳的橙色、黄色裸体突显在幽暗的风景前面，增添了作品的神秘感。

这幅画是画家对人生的总结，也代表着他最后的彻悟。在鉴赏这幅作品的时候，人们能够看到许多令人迷惑的形象，能够感受到一股神秘的魅力，其中蕴含的哲理引发人们对人生的深层思考。

放逐自己的高更，带着现代文明人的烙印，只能在精神层面去追逐自己心灵中的人类乐园，但他要承受更多文明人无法解脱的迷茫、忧伤、困惑和焦虑。他把这种种复杂的感情凝聚在具有象征意义的绘画形式之中，把人类原始的记忆，真实的现在以及遥远的未来都浓缩在画面上。把“认识自己”这一人类的千古哲学命题，通过自己的画笔作了一次象征意义上的解答，也让自己的灵魂得到解脱和升华。

这首《生年不满百》和《古诗十九首》中的另外两首情感相近：《东城高且长》《驱车上东门》，都是因为怀疑人生而倡导及时行乐。

汉末的社会动荡、人命危浅、生死无常等，使得大批读书人陷入深层苦闷。苦闷久了，就会怀疑人生，怀疑生存的价值。带着怀疑的目光看世界，看过去，看将来，许多固守的传统、观念、情怀、道德，都可能轰然倒塌。

这首诗的作者，以戏谑的口吻，松快旷达的语调，给世间两类人当头一棒。一是吝啬聚财、爱财如命的人。这类人只管苦苦地聚敛财货，不会及时享受。所思所想，都是子孙后代的生计，愚蠢可笑：纵然你能活上百年，也只能为子孙怀忧百岁，这是连小孩都明白的常识，何况你还未必活得了百年，偏偏想忧及千岁，岂非愚不可及。一是仰慕成仙的人，竟然还不知道祈求长命、得遇神仙的期待只是一场空梦，还迷恋不醒，像傻瓜一样。在诗人看来，人们艳羡神仙生活，从秦始皇到汉武帝都迷迷糊糊乱撞高墙，留下太多笑柄。市井里巷之人，竟然也都津津乐道于王子乔被神秘道士接上嵩山，终于乘鹤成仙的无稽传说，太可笑了！

道不尽红尘舍恋

虽说把人生的价值看作是抓住当下，及时满足一己的纵情享乐，显得有些张扬和浅薄，也并不是一种真正清醒理智的人生态度，但是，那种从功名利禄、长命百岁大梦中醒来的旷达、任性，在纵情享乐时投射的愤激，在和死亡和生命无意义对抗中的活力，依然有其可贵之处。

由此，让人想起了意大利文艺复兴时期的薄伽丘。他旗帜鲜明地提倡人性反对神性，反对禁欲主义和来世主义；主张个性解放，要人们放弃天堂去积极追求现世的幸福。因为在他看来，人是现世生活的主人，追求理想和幸福是每个人神圣不可侵犯的权利。他的那句名言，“没有来世，幸福就在人间”，激发了多少人追求现世生活欢乐和幸福的勇气！正因此，有一首叫《爱江山更爱美人》的流行歌曲，才那么深入人心。

绘　刘德贵(上海开放大学人文学院文学艺术系教师)

凛凛岁云暮

凛凛[1]岁云[2]暮，蝼蛄[3]夕[4]鸣悲[5]。
凉风率[6]已厉[7]，游子寒无衣。
锦衾[8]遗洛浦，同袍[9]与我违。

独宿累[10]长夜，梦想见容辉[11]。
良人[12]惟古欢[13]，枉驾[14]惠[15]前绥[16]。
愿得常[17]巧笑[18]，携手同车归。
既来不须臾[19]，又不处重闱[20]。
亮[21]无晨风翼，焉能凌风飞？
眄睐[22]以适意[23]，引领[24]遥相睎[25]。
徙倚[26]怀感伤，垂涕沾双扉。

注释

①凛凛：言寒气之甚。凛，寒也。②云：语助词，“将”的意思。③蝼蛄：虫名，夜喜就灯光飞鸣，声如蚯蚓。④夕：一作”多”。⑤鸣悲：一作“悲鸣”。⑥率：大概的意思。一说是都的意思。⑦厉：猛烈。⑧锦衾（qīn）：锦缎的被子。⑨同袍：犹同衾。古用于夫妻间的互称。⑩累：积累，增加。⑪容辉：犹言容颜。指下句的“良人”。⑫良人：古代妇女对丈夫的尊称。⑬惟古欢：犹言念旧情。惟，思也。古，故也。欢，指欢爱的情感。⑭枉驾：是说不惜委屈自己驾车而来。枉，屈也。⑮惠：赐予的意思。⑯绥：挽人上车的绳索。结婚时，丈夫驾着车去迎接妻子，把绥授给她，引她上去。⑰常：一作“长”。⑱巧笑：是妇女美的一种姿态，出自《诗经・卫风・硕人》。这里是对丈夫亲昵的表示。⑲不须臾：没有一会儿。须臾，指极短的时间。⑳重闱：犹言深闺。闱，闺门。㉑亮：信也。㉒眄（miǎn）睐（lài）：斜视，斜睨。㉓适意：犹言遗怀。适，宽慰的意思。㉔引领：伸着颈子，凝神远望的形象。㉕睎：远望，眺望。㉖徙倚：徘徊，来回地走。

译文

寒冷的岁末，那蝼蛄彻夜鸣叫悲声长。

冷风凛冽刺骨，遥想游子无寒衣。

记得定情结婚不久后，良人便远走去他乡。

独宿漫漫长夜，渴望梦见夫君的容颜。

梦中的夫君还是眷恋昔日欢爱，依稀还是初来迎娶时的模样。

祈愿此后长是欢乐日子，携手共度一世一生。

梦中的夫君归来却没停留多久，也未进入深闺亲热流连。

只恨自己没有鹫鸟的双翼，不能凌风飞到夫君身边。

无可奈何又百无聊赖，我引颈远望聊以自遣。

只有倚门而立内心感伤，独自悲泣泪流满面。

解读

女人与白马王子

记不清是哪个故事里的这句话了，每个女人从出生的那天起，就在等待着一个白马王子，那是女人与生俱来的本能，直到她们碰得头破血流，才会明白什么叫作痴心妄想。

女人所不清楚的是，整个古代社会，所有女人的生活，一直都在男权文化统治之下，更不清楚，男权制度是男权文化产生的根基。

男权制度是一个跨文化的现象。到目前为止，全世界大多数文化都存在过男权制，它不仅持续了数千年之久，而且至今在许多国家和地区依旧存在。只有少数例外。

在人类历史中，全世界范围里的女性，绝大多数都处在一个受压迫、受歧视的等级，这一现象普遍而持久。女性受压迫的范围，有来自社会的，有来自家庭的。男权制度既是指男性统治女性，也是指男尊女卑的系统化机制。

从先秦两汉，到晚清末年，中国的男权文化通过四个核心点体现出来。一是男性统治。不仅社会公共领域与私人领域，所有权威的位置都留给男性（武则天时代除外），衡量、评价女性的一切标准都由男性制定。二是男性认同。这是指社会的核心文化观念，在对社会正态的、褒扬的、有价值的认定过程中，总是以男性气质为核心的。比如中西方至今仍然被普遍认同的“男主外、女主内”的男女分工模式，人们习惯把挣钱的工作看作劳动和事业，把不挣钱的家务置之度外。也习惯把有控制权、强大有力、有效率、有竞争性、有强迫性、爱拿主意、有理性、能自立自足、能控制情感等男性气质，当作理想气质。三是把女性客体化。在社会事务和知识科学领域，把女性看作是客体的、弱势的，不需要和男性一样去获得知识、提高认识、发挥创造力的群体。也包括否定女性的性，将男性的性强加于女性；把女性放在次等的地位，贬低女性的角色等。四是对立的思维模式。比如强调男女的思维不同，甚至对立。认为男性处于等级的高层，女性在其下。

具体到生存层面，男权文化就是指以男性为中心而建构的物质资源与精神资源分配体系。这个体系规定了人们从社会中获得资源的途径和数量。具体地说，就是男人能够获取资源、分配资源，而女人只能等待着男人分配给自己资源，也即是说女人主要是依靠她生活中的男人来间接获取资源。

“天上不会掉馅饼”，无论何时何地这都是真理。男人要从这个体系中获取资源的多与少，取决于男人的个人能力。因为一个社会在赋予人权利的同时，也会提出与之相应的要求。这种要求可以称之为“成就期待”，它来自包括所属家族、家庭的全社会。古代社会对于男人的“成就期待”，大而言之，是修身齐家治国平天下，小而言之，是功成名就光耀门庭。

从每个男人出生的那一刻起，他就背负起了这样的“成就期待”，走过童年，走出少年，走向中年，迎来老年，直至离世而去。女人呢，则由男人赋予她另外的期待，在中国整个古代社会，这期待归结为一句话，就是三从四德。

凉风起天末，君子意如何

时序、季节，会给一些人凿下许多浅井，也会给另一些人凿一口深井。

而你凝视着深井时，深井也在凝视着你。

引子：凉风起，蝼蛄叫。《凛凛岁云暮》的抒情主人公在岁末来临之际，一下子跌入自己挖掘的感情深井里——“凛凛岁云暮，蝼蛄夕鸣悲。凉风率已厉，游子寒无衣。”岁既云暮，百虫非死即藏，故蝼蛄夜鸣而悲。凉风已厉，独自守家的思妇，不由以己度人，想到了远在他乡的游子（丈夫）无御寒之衣。这四句全是写实，一无虚笔。凉风，蝼蛄，眼见耳闻，皆在眼前。

共情，让一个人能够对别人感同身受，能够体验和理解他人的行为和情绪，处境和状态。其重点是，它不是站在对方的角度想象对方此时此刻是什么感受，而是努力想象和理解对方的想法，设想自己处于对方现在境地时的感受。这就需要深深关注他人，而非关注自身。

梦前：忆昔新婚时。第五到八句，从游子联想到初婚之时，由今及昔：“锦衾遗洛浦，同袍与我违。独宿累长夜，梦想见容辉。”不仅活用洛水宓妃的典故，回忆当初的男女定情结婚，也借用《诗经・秦风・无衣》名句，诉说结婚定情后不久，良人便离家远去。这是思的起因。而“游子寒无衣”一句，又足以略窥游子出行和久久不归的原因。不是战乱，就是经商，不是求仕，就是官宦，这是整个古代社会游子远行的原因。弃家远游的良人，亦自有苦衷。可是，正因为自己"独宿"而累经长夜，才显出相别之久，相爱之深，心头一直惦记着他在外"寒无衣"。也正因牵念在心，才会相见在梦里。

梦中：来去太匆匆。第九到十二专写梦境。梦中的丈夫，还是眷恋着往日的欢爱，依稀还是初来迎娶的样子——他把车绥亲自递到女子手里，她被丈夫迎娶携手同车而归，祈愿此后长远过着快乐的日子。

梦后：怅然若失，意犹未尽。第十三到十八句语气转入突兀——好梦不长，她从梦中醒来，恍恍惚惚，半嗔半诧，似寤不迷。良人入梦太短了，还未在深闺中同自己亲昵一番，就匆忙离去了。憬然惊察中，只有无可奈何的慨叹：只恨自己没有晨风一样的双翼，因此不能凌风飞去，追寻良人的踪迹。

佛洛伊德关于梦的理论认为，梦是人的欲望的变相实现，是现实生活的特殊延续，是人类精神追求的一个载体。

人生如梦，爱情则是梦中之梦。在爱情的天地里，最容易受到伤害的是女人，而女人的痛苦多半来自女人的不自信。女人的不自信源于两种因素：一是女人的情感天生比男人细腻、总是耽于幻想；二是缺乏足够的自我和自立。

古代的女子，在经济和政治都不能独立的情况下，谈人格独立，几乎不可能。三从四德的文化就是服从文化。服从，是古代女人的天职。女人只能信他，却不能自信。

没有足够的自信和自立，女人在爱情婚姻中的自我角色定位，就剩下被爱和不被抛弃了。忧患意识由此产生。忧患自己没有做好三从四德，忧患丈夫移情别恋，忧患没有生育后代传递香火，忧患被婆家遣送回娘家……

有忧患，就有忧郁和压抑。白天还可以强作欢颜面对他人，到了晚上，梦境就会把她带到可能会发生的境地。

《凛凛岁云暮》中的这个女子，梦里的丈夫回来了——暗示他离家在外不回实在是太久了。

梦里回到初嫁的时候了——暗示新婚的恩爱，可能在丈夫那里早已淡薄了。

梦里的丈夫未进闺房就要离去了——暗示没有夫妻的亲热已经很长了。

梦里眼看丈夫渐渐走远了——暗示自己不能追随的无奈太深了。

梦里自己泪水长流了——暗示独自承受的伤痛太重了。

梦里没有愿望的实现，却只有伤痛的加深，没有团聚的欢欣，只有疏远的感知，没有亲热的重温，只有被抛弃的担心。真是一次梦里情殇，一次情殇梦里。

男人背负的成就期待

男人要获得社会的物质资源和精神资源，必须有成就，而成就绝对和他所取得的资源成正比。

但是，资源有限，男人无限；资源有限，欲望无限。男人的重压由此产生。

女人更累，她们作为资源的间接获得者，要承受来自社会和男人的双重压力。因为一方面男性在修齐平治的成就期待之下，渐渐形成了所谓的“大丈夫精神”，另一方面，上升到法律制度高度的男尊女卑、夫为妻纲的伦理提倡，也使得男人们形成了一种男人优越意识和掌控意识，他们把女人当作奴役对象和消费对象。

这样一来，与男人承受的压力不同的是，女人承受的压力，很大程度上就是来自男人的精神压迫和戕害，以及在长期被奴役之下形成的自虐心理。

爱情婚姻里，古代的女人们把全部的希望和寄托，都投射到了被指定的成为她丈夫的那个人身上，不管这个男人值不值得爱和依靠。从很大程度上说，她们没有自我。没有自我就意味着必须依附才能生存。她都必须去爱，去依靠，去依附，去讨好，别无选择。

如果说家庭是她全部的天地，丈夫就是她天地的支柱。她为家庭投入了全部的情感和生命，也期望以此取得丈夫的爱情和呵护，和丈夫白头偕老，相守到最后。

但是，背负着“成就期待”的男人，却不能像女人那样感性。因为功名利禄的需要，他们不能像女人一样在爱情婚姻的战场上轻装上阵，他们无法对爱情婚姻一直全心全意，忘我献身。再加上天生喜新厌旧的本性，他们大多根本无法做到像爱他们自己那样爱妻子，并且以妻子为快乐生活的中心。

生活就是这样无情——当飘逸飞扬的白马王子，在重负之下很快成为骑着蹇驴东奔西撞的赶路人，而根本就没有过经济独立和人格独立，却一直妄想着白马王子的女人们，怎么不能头破血流！

绘　刘德贵(上海开放大学人文学院文学艺术系教师)

孟冬寒气至

孟冬[①]寒气至，北风何惨[②]栗[③]。
愁多知夜长，仰观众星列[④]。
三五[⑤]明月满，四五[⑥]蟾兔缺。

客从远方来，遗我一书札。

上⑦言长相思，下⑧言久离别。

置书怀袖中，三岁字不灭。⑨

一心抱区区⑩，惧君不识察⑪。

注释

①孟冬：冬季的第一个月，即农历十月。②惨：残酷，狠毒；或指悲痛，伤心。③栗：冷得发抖，这一词兼指心理和生理上的感受。④列："裂"的古字，割，分。这里是排列的意思。⑤三五：农历十五日。⑥四五：农历二十日。⑦上：指书札的开头。⑧下：指书札的结尾。⑨三岁：三年。灭：消灭，这里是磨灭意思。此句言珍重其书，且珍重至极。⑩区区：犹拳拳，诚恳而坚定的意思。⑪察：观察，仔细看，这里是明察，知晓的意思。

译文

初冬寒气已来到，北风呼啸多么凛冽。

内心愁多知夜长，仰望天上众星星。

每到十五月亮圆，每到二十月已残。

有个客人从远方来，给我带来你写的信。

信中先说长相思，而后再叙久离别。

我把书信放怀中，三年之后字还在。

我一心一意念着你，只怕你还未了然。

解读

家书文化与人间温情

"书札"是《孟冬寒气至》的诗眼。

明代高启的《得家书》代表了中国古代对家书的集体记忆，“未读书中语，忧怀已觉宽。灯前看封箧，题字有平安”。短短20个字，言简、意多、情长。小诗的前两句，一接到信，诗人那颗悬着的心随着家书的出现就落地了。世事飘荡，有太多无常，最担忧的就是家人的平安。有书信来，意味着家人平安，就可以先放下心了。而如此珍贵的家书，当然不能匆匆一读就完事。他要等到处理完所有事情，腾出时间来，细细地看。这一等，就等到了天黑。天黑以后，他才坐下来，取出家书，安安静静，从头细看。一盏灯，一个人，装家书的盒子，密封条上的“平安”，点点滴滴，全都渗进心底。可以想见，连盒子和密封条，都仔仔细细看过的作者，是怎样珍惜这封家书，期待家书已久，家书又是何等重要。

家书，是传统家庭文化的一个缩影。

司马迁的《报任安书》、诸葛亮的《诫子书》、欧阳修的《与十二侄》、林觉民的《与妻书》、鲁迅与许广平的《两地书》、傅雷的《傅雷家书》，这些饱含深情的家书，至今读来依然深切感人，沉淀在历史长河里，成为一种家书文化。

家书中普遍具有积极向上的人生观、价值观，起着对亲人激励和鼓舞的巨大作用，更饱含夫妻情、父母情、儿女情、手足情等深情。例如杜甫的《春望》：“烽火连三月，家书抵万金。”王湾《次北固山下》：“海日生残夜，江春入旧年。乡书何处达？归雁洛阳边。”许浑《东游留别李丛秀才》：“数程山路长侵夜，千里家书动隔秋。起凭栏干各垂泪，又驱羸马向东州。”

家书，是进入中国传统家庭的入口，家庭文化、家族意识、亲情伦理、夫妻情爱，家国一体情，都可以从中体察。成为很多人人生准则的“淡泊明志，宁静致远”，就出自诸葛亮的《诫子书》。“勿贪利禄、恋权位”的智慧告诫，则出自林则徐写给儿子的信。至于家书的感人程度，陆游在他的《渔家傲·寄仲高》里说：“东望山阴何处是？往来一万三千里。写得家书空满纸。流清泪，书回已是明年事。”

这首《孟冬寒气至》的“书札”，就是一封远游丈夫写给妻子的家书，满纸都是“长相思”“久离别”。

痛苦是无穷的，它有各种形式

“没有痛苦就没有诗歌，每一首诗几乎都是由一份高兴、一份希望和两份痛苦所组成的。”法国文学家大仲马如是说。

诗歌之深远蕴藉，就在于它是一个开放的意义系统，可以承载人的悲欢离合，包括各种各样的痛苦。

所谓开放，一是指意义的广度、宽度、深度等立体层面的解读是开放的，宛如一千个观众就有一千个哈姆雷特，对每一首诗而言，一千个读者就有一千种解读。二是指时空的开放性，读者可以站在诗歌表达的当下，在领悟中回望辽远的过去，展望无限的未来。

《孟冬寒气至》的时空就是开放的。看起来这首诗分三个层次，前六句为第一层，说的是收到家书之前，“孟冬寒气至，北风何惨栗。愁多知夜长，仰观众星列。三五明月满，四五蟾兔缺”。中间四句为第二层，说的是收到家书之时，“客从远方来，遗我一书札。上言长相思，下言久离别”。末尾四句是第三层，写的是收到家书之后。但是，实际上暗含的时空非常久远。

第一层收到家书之前，女主人公所在的当下是寒气逼人的冬天，北风凛冽，可是，“知夜长”“观众星”，绝非此时此刻，而是从春天到夏天，再到秋天，一天天挨过来的。不知经过了多少从三五月圆到四五月缺。月圆月缺之间，一个月过去了，一个季度过去了，一年过去了，多年过去了。月复一月，年复一年，丈夫始终没有回来。

回望往昔，别离时间的绵长就在其中了。绵长的时间之内，她的孤独、思念、伤感、担心、牵念、痛苦，也就听任读者去揣摩、体会、感知。

第二层收到家书之时，一个客人从远方来，带来了丈夫送给她的书札。那一刻她是怎样的，也任由读者去想象了，是当即惊喜万状，急急打开，还是强作镇定，目送客人离开后回到房内缓缓展开？看家书的时候什么状态，这些都像电影制作的定焦镜头一样，被虚化了。聚焦的是家书的内容："上言长相思，下言久离别。"至于是家书中写的什么样的相思情、什么样的离别情，全都留白了，留下无限的想象空间给读者。

第三层收到家书之后，信，放在怀中，足见对其珍稀、珍爱。三年，可能是真的三年，也可能是很多年。信上的话，烂熟于心，已经刻在心底了。但是，她的心一直是忐忑不定、忧愁的。"一心抱区区，惧君不识察"，这是她的无言倾诉，"我一心一意爱着你，只怕你不懂得这一切"。真是心酸至极。

因此，收到家书作为诗章的一个节点，表达的是一个思妇在丈夫离别不归的岁月里的思念、忧伤和痛苦，就像一个画外音：多年以前……，多年以后……，留白之广，容量巨大。

法国作家大仲马说："痛苦，在人的成长过程中是多么崇高而又神秘莫测呀！没有痛苦就没有诗歌，每一首诗几乎都是由一份高兴、一份希望和两份痛苦所组成的！只有痛苦才能在生命中给你留下深深的印象。那萌发出冷气的祈祷的、湿润的泪痕就是人们称之为信仰、希望和仁慈这三个高尚姊妹的母亲。啊，痛苦，让诗人都赞美你吧！"①

① 白英瑞. 浪荡天才——大仲马回忆录[M]. 北京：文化艺术出版社，1989.

《孟冬寒气至》中描述的女人就是这样的：由于久别丈夫，她对季节变换十分敏感。孟冬十月，在思念痛苦中熬过了春、夏、秋三季的她，迎着凛冽的北风，更加真切地感受到了“寒气”由远而至、渐行渐冷的过程。白天尚且难耐，夜晚更加凄冷。愁思让这个女人辗转反侧，夜不成寐，使得寂寞长夜越发显得凄冷。实在难眠之际，她揽衣起床徘徊室外，像往常一样仰望漫漫夜空。看牛郎织女，看东方岁星，看南方荧惑，看西方太白，看北方辰星……从三五月明之夜到四五月缺之时，从一弯新月在天到一钩残月西斜。如此，一夜夜，一月月，一年年，丈夫还是没有回来。

家中女人在一夜夜仰望星空中的等待和忍耐，不仅成为在路上的男人精神支柱，也让他们回家的路永远充满温馨。同时也昭示了一个千古不变的预言——爱情永远是人类追求的美好情怀，是人类度过漫漫长夜，历尽艰难险阻，依然执着向往的一个精神支点。正如法国作家玛格丽特·杜拉斯所言：“爱之于我，不是肌肤之亲，不是一蔬一饭，它是一种不死的欲望，是疲惫生活中的英雄梦想。”①

更进一层，一夜夜的仰望星空，也是人类追求梦想和诗性生活的一个寓言。只要一息尚存，只要人类还在繁衍，追求真善美的精神和脚步永远不会停止！唯有如此，人类才能显示自己的灵性与超越。

高难度的爱情

美国著名心理学家、认知心理学家罗伯特·史坦伯格②在进行了大量研究之后得出结论：爱情是这个世界上最不牢靠的东西。他把

---

① ［法］玛格丽特·杜拉斯，王道乾译. 情人［M］. 上海：上海译文出版社，2005.

② 罗伯特·史坦伯格(Robert J. Sternberg，1949年生)“智力三元理论”的建构者，首倡人类爱情三元论。代表作品《思维方式》《爱情心理学》。

其中的原因归纳如下：

第一，爱情关系并不是由一个三角形构成，而是有两个三角形构成。而每个人都有自己的爱情三角形，对爱情的关注点不同，有人喜欢亲密感的爱情，有人更注重激情，有人看中爱情中的责任。只有两个三角形能够相合或者相补，爱情的产生才有其可能性。这也就是为什么有些人在一起怎么都不能来电的根本原因。

第二，根据心理学著名的“本我、自我和超我”的理论，每个人心中还有一个理想化的爱情三角形，这个理想化的概念可能与现实中的概念不同，比方说有人现实中把物质条件作为爱情产生的前提，理想中更渴望有亲密感的爱情。这种隐性的差异也是爱情不一定能够产生，或者爱情产生后变质的可能原因。

第三，就是爱情三角形的“活动性”，即这三种成分的重要性和力量在不同的爱情关系，不同的时间，不同的性别中间会有不同的变化。爱情初期，对激情的要求可能是核心，但随着激情渐退后，亲密感以及义务的比例则可能会上升。也就是说，即使是一开始两个人的爱情三角形是相合的，也有可能随着时间的推移而引起变化，一旦双方各自的三角形变化差异过大，甚至出现严重的冲突，爱情的消亡则就变得不可遏止。爱情中的“三年之期”，婚姻中的“七年之痒”就是典型表现。

这真是人类爱情的共同困境，人类生命的共同困境！

但是，如同深爱着的所有人一样，没有谁不渴望自己的爱情婚姻天长地久。追求爱情的长久、永远，乃是人类共性。《孟冬寒气至》的女子就是这样一个人。她所有的担心、忧虑、忐忑不安，皆源于她不能确认丈夫能够真切懂得自己的深情厚意，执着痴情，不能和自己一样忠于爱情，忠于婚姻，“一心抱区区，惧君不识察。”她所面对的爱情婚姻困境，是人类共有的难题，就像台湾漫画家朱德庸所说的那样："高难度的爱情，是月色、诗歌、三十六万五千朵玫瑰，加上永恒；高难度的婚姻，是账簿、证书、三十六万五千次争吵，加上忍耐；高难度的人生，是以上两者皆无。"

绘　刘德贵（上海开放大学人文学院文学艺术系教师）

客从远方来

客从远方来，遗我一端[①]绮。
相去万余里，故人[②]心尚[③]尔[④]。
文彩双鸳鸯，[⑤]裁为合欢被[⑥]。

著[7]以长相思，缘以结不解。[8]

以胶投[9]漆中，谁能别离[10]此。

注释

①一端：即半匹。古人以二丈为一“端”，二端为一“匹”。②故人：古时习用于朋友，此指久别的“丈夫”。③尚：犹也。④尔：如此。⑤鸳鸯：匹鸟。古诗文中常用以比夫妇。这句是说绮上织有双鸳鸯的图案。⑥合欢被：被上绣有合欢的图案。合欢被取“同欢”的意思。⑦著：往衣被中填装丝绵叫“著”。绵为“长丝”，“丝”谐音“思”，故云“著以长相思”。⑧缘：饰边，镶边。这句是说被的四边缀以丝缕，使连而不解。缘与“姻缘”的“缘”音同，故云“缘以结不解”。⑨投：本义为投掷，这里是加入混合的意思。⑩别离：分开。

译文

从远方来了一位客人，送来一端文彩素缎。

你我相距万余里，你的心一如昔日。

素缎上织着双栖鸳鸯，我要用它做条合欢被。

被内填满温暖的丝绵，被边用丝缕缝缀密实。

宛如胶和漆黏合一起，谁也不能让我和你生生分离。

解读

一组爱的蒙太奇

如果拍成微电影，《客从远方来》的叙事手法经历了短短四个镜头的切换，包括了视角变化、景别变化、时空顺序，带着每个镜头单位时间不同所产生的节奏感，重现了一个女子接到丈夫托人带回的一端织有文彩的素缎的内心过程。

全景:一个客人,将一个包裹交给这个女子。

特写:女子打开包裹,里面是一端织有文彩的素缎,她幸福微笑。

中景:在一个又长又宽的台子上,女子打开素缎,仔细看。对着素缎上的双栖鸳鸯,想象要将它做成合欢被,用丝绵填充被里,用丝缕缀起被边。

全景:女子坐在窗下,沉静安详的背影。

人的意识活动,除了观察和认识的一般过程,还有联想、比较、想象、幻觉、记忆、错觉等等。各式各样的蒙太奇手法,就可以把它们一一再现出来。《客从远方来》的表达,用的是同样的原理。它以奇妙的思致,叙述了一位思妇的意外喜悦和痴情的联想。

这喜悦,来自一个远方客人的突然造访。犹如天降一般,突然来了一个客人,风尘仆仆地站在她面前,送来了一个包裹,同时传话给她:"这是你的夫君特意托我捎给你的。"

女主人公目送客人离开,赶紧打开包裹,里面是"一端"(二丈)织有文彩的素缎("绮")。又惊又喜之下,她不禁喃喃自语:"相去万余里,故人心尚尔。"虽然他在万里之外,心还是那颗温柔心。此前,自己的担心和怀疑,都是多余了。

展开那素缎,她看到绮缎上面,织有文彩的双栖鸳鸯,更是幸福万端:"我要将它做条温暖的合欢被,床被内须充实以丝绵,被缘边要以丝缕缀,就像我们的爱情绵绵无期,像我们的婚姻永远幸福。"此时之后,女子幸福安详,像是吃了定心丸,又像是听到丈夫坚定的承诺和誓言。

悲欢相通,因信物和誓言

亲情、友情、爱情,作为支撑人类精神的三大支柱,信物在其中的作用不可小觑。

只要是被当作凭证的物品，就不再是物品本身了，而是物品具有的实用、传情、契约、伦理等精神了。

爱情信物，是恋人、夫妻之间的爱情凭证，哪怕它只是一张纸、一片树叶、一朵花、一方手帕、一根项链、一件衣服、一块布。自打它作为信物献给对方，它就有了“含情量”，是对对方的深情寄托物。

与此同时，它也构成了一种契约，像一面旗帜，又像一个盾牌，既表达对对方的忠诚、深爱，又表达自我约束，自此之后，会为对方坚守爱情。

说信物具有伦理价值，在于它是一种看不见的约定俗成，具有维护双方关系、遵守契约的意义。

别说爱情婚姻了，连确定一个身份和地位，都需要信物呢，你看《水浒传》是这样写的：“封宋江为镇国大将军，总领辽兵大元帅，赐予金一提，银一秤，权当信物。”甚至市井坊间世俗生活中，人与人之间的小情小调也需要信物来维系的，《警世通言》：“这件小意思权为信物，追出赃来，莫说有余，就是止剩得二十两，也都与你。”

人类学家在大量的考证基础上认为，人类信物的历史远远早于情书。人类还没有文字，甚至语言不成熟的时候，就有信物了。一块美丽的石头，一枝梅花，一块麻布，一个海螺，都能成为古老先民表达友情、亲情、爱情的信物。

爱情婚姻中为何需要信物作为中介来传情达意，表达伦理情怀？

美国著名心理学家、教育家罗伯特·史坦伯格提出了“爱情三元素”理论。三元素，一是亲情（intimacy），指的是两人之间同甘共苦、相互沟通和相互支持的情感。二是恋情（passion），就是那种激发人的生理唤起的情感，可能是性的唤起，也可能出自其他需要。三是承诺(commitment),指的是所作出的与另外一个人相爱或相伴的决定,以及信守这一承诺的程度。

承诺的本质,是道德责任感,是明确的决定和义务。而以决定和义务为核心的三角形,就是认同对未来高度的约束关系的责任承担。

天长地久、山高水长皆由此生

《客从远方来》所呈现的,是一种包含恋情、亲情的承诺,为完满型组合。何以言之?

第一成分是亲密。“遗我一端绮”的热情,“故人心尚尔”的理解,“文彩双鸳鸯,裁为合欢被”的分享,“著以长相思,缘以结不解”的支持,“以胶投漆中,谁能别离此”的沟通。热情、理解、分享、支持、沟通,正是爱情关系中常见的特征。

第二成分是激情,主要特征是性的唤醒和欲望,集中在“文彩双鸳鸯,裁为合欢被”的象征与想象中。以鸳鸯比作夫妻,最早出自唐代诗人卢照邻的诗章《长安古意》,诗中有“愿做鸳鸯不羡仙”一句,赞美美好的爱情,之后文人竞相仿效。崔豹的《古今注》解读说:“鸳鸯、水鸟、凫类,雌雄未尝相离,人得其一,则一者相思死,故谓之匹鸟。”李时珍的《本草纲目》也说它“终日并游,有宛在水中央之意也”。

有的民间传说认为,雄鸣曰鸳,雌鸣曰鸯。也有人认为“鸳鸯”二字实为“阴阳”二字谐音转化而来,取自于这种鸟“止则相偶,飞则相双”的习性。自古以来,人们用“鸳侣”“鸳盟”“鸳衾”“鸳鸯枕”“鸳鸯剑”等不同的词语,都暗含男女情爱的意思,“鸳鸯戏水”更是我国民间常见的年画题材,关于“鸳鸯”如何相亲相爱的故事传说更多。

“合欢被”,在悠久的中华历史里,也被赋予丰富的相亲相爱的表征与寄托,是新娘出嫁时必不可少的嫁妆。每个新娘出嫁时,只要有足够条件，父母们总要备上十几二十床合欢被，红绿紫金，满是喜庆吉祥的气氛，被子越多，甚至象征女方家越富有，对女儿越疼爱，寄寓女儿女婿和和美美、白头到老的美好意愿。有的地方依照传统婚嫁习俗，"合欢被"一般是新娘带去婆家洞房夜铺的，以图和和美美百年好合的吉利。

第三成分是承诺，是誓言。"以胶投漆中，谁能别离此"意思是：唯有胶和漆，黏合固结，再难分离。那就让我与夫君像胶和漆一样投合、固结吧，看谁还能将我们分隔？

亲密，是情感性的，它产生温情；激情，是一种动机或驱动力，衍生火热；承诺和誓言则源自认知，是投身爱情和努力维护爱情的决心。

天长地久、山高水长的美好爱情，皆由此而生。

绘　刘德贵（上海开放大学人文学院文学艺术系教师）

明月何皎皎

明月何皎皎①，照我罗床帏②。
忧愁不能寐③，揽衣④起徘徊。
客⑤行虽云乐，不如早旋归⑥。

出户独彷徨[7]，愁思当告[8]谁？

引领[9]还入房，泪下沾裳衣[10]。

※注释

①皎皎：本义是洁白明亮。此处用引申义，为光照耀的意思。②罗床帏：指用罗制成的床帐。③寐：入睡。④揽衣：犹言“披衣”，“穿衣”。揽，取。⑤客：这里指诗人自己。⑥旋归；回归，归家。旋，转。⑦彷徨：徘徊的意思。⑧告：把话说给别人听。⑨引领：伸着脖子远望。⑩裳(cháng)衣：一作“衣裳”。裳，下衣，指古人穿的遮蔽下体的衣裙，男女都穿。

※译文

明月为何这般皎洁明亮，照在了我罩着罗帏的床上。

愁思满怀使我无法入睡，披衣起床在屋内彷徨。

客居在外虽然有诸多乐趣，但还是比不上早日回家去。

一个人出门踟蹰忧伤，满心的愁苦不知该说给谁知。

伸颈远望良久回到房内，泪水滚落沾湿了衣襟。

※解读

时间、空间与孤独影像

在全世界的文学艺术中，明月都是出现最多的一个意象。文学艺术家们常常用它来构置悲凉惨淡的意境，烘托伤感动人的气氛，表达幽深隐蔽的思想感情。对许多读者而言，月亮二字总会引起莫名的共鸣，让人黯然神伤，就像李白《静夜思》描述的那样：“床前明月光，疑是地上霜。举头望明月，低头思故乡。”这首《明月何皎皎》也一样。

诗章描绘的是一个月夜，一个久客异乡未归、愁思辗转不能寐的游子的情状。以他的行踪为线索，可以分为三个阶段：一是前面的四句，月明不能寐，在屋内徘徊。二是中间的四句，踟蹰到屋外，愁苦无人说。三是末尾的二句，踱步回屋内，泪落衣衫。

在《明月何皎皎》中，时间、空间与人间镜像共同构成明月的深沉意蕴。

首先，这里的明月作为时间的参照物，意味着又是一个月圆时，月亮圆了又缺，缺了又圆，每一轮圆缺背后都是时间的流逝。一月月，一年年，时光如流，这个游子已经离家太久，今夜明月在天，再次惊醒了他，触动他的内心：一个人在外太久了。

其次，由时间参照物向空间延伸，明月衍生出思乡怀人、念远叹别、羁旅客愁的咏叹。

由于全天下共有一轮明月，人们看到明月，不能团聚的人，就会想起千里之外的亲人，或是身处异乡的游子，或是独守闺房的思妇，进而引发乡关何处、归思难禁之苦，把明月与怀归、怀人融为一体，于是明月成了怀念亲人、怀念乡土的象征物："忧愁不能寐，揽衣起徘徊。"

再次，由明月的美好圆满，清澈明亮，反衬客游失意、孤独无告的当下现状，暗含久客不能归、功业未就、功名未就、理想无法实现的黯然人生："客行虽云乐，不如早旋归。出户独彷徨，愁思当告谁？"

正是由于这里的明月有多层象征意义，这些象征意义又一直隐藏在包括作者、读者在内的每个人心灵深处，才使诗章有了柔肠万端、感伤凄楚的感人效果。正像瑞士人格分析心理学家荣格所说的那样：作家一旦表现了原型意象，就像道出了一千个人的声音，"与此同时，他也将他所要表达的思想从偶然和短暂提升到永恒的王国之中。他把个人的命运纳入了人类的命运，并在我们身上唤起那些时时激励着人摆脱危险，熬过漫漫长夜的亲切的力量。”①

月光在黑夜中永照

全世界的文学艺术家以月亮为主题的作品数不胜数。中国文学从《诗经》发端，如《陈风·月出》《邶风·日月》《邶风·雄雉》等，或者单独写月，或者和太阳一起写。而后，上古诗歌《卿云歌》、屈原《涉江》，曹操《短歌行》、曹植《七哀诗》、阮籍《咏怀》、陆机《拟明月何皎皎》、谢庄《月赋》、乐府诗《读曲歌》等，直到唐诗宋词元曲、明清小说，月亮之歌成为一条波光盈盈的作品长河。与此同时，世界各国文学家也同样热情抒写月亮，法国波德莱尔的《月亮的哀愁》、俄国普希金的《月亮》、英国布莱克的《清夜》、英国威廉·亨利·戴维斯的《月》、俄罗斯勃洛克的《愿黑夜中月亮永照》、美国桑德堡《在秋月下》、印度泰戈尔的《摘月亮》、日本水上多世的《月亮唱的歌》、法国魏尔伦的《月光》等。

古今中外文学家何以如此不约而同地用明月表达多层感伤内涵，隐喻众多复杂的情怀？这是因为明月原型存在人类漫漫精神长旅中，积淀于人们精神深处的结果。

早在人类的洪荒时代，几乎全世界的族群都有月亮崇拜情结，这已为许多人类学家所论述。月亮的自然特征——明媚、清澈、有圆有缺、东升西落等，都会引起先民们的无限情思。月神崇拜在此基础上应运而生。《礼记》这样记载：“郊之祭，大报天而主日，配以月。”作为一种常见的自然崇拜，在原始神话中，有关于日神羲和和月神的传说。《山海经》：“有女子方浴月。帝俊妻常羲，生月十有二，此始浴

① 叶舒宪.神话——原型批评[M].西安：陕西师范大学出版社，1987.

之。”由于嫦娥奔月神话的广泛流传，嫦娥便成了月神。

与此同时，在世界著名的古老文明之一苏美尔文明里，月亮也是人类自然崇拜的主神之一，而且月神的地位位于太阳神之上。苏美尔人以为，月亮代表了神秘和智慧，于是根据月亮的变化，创造出了人类文明最早的历法。在随后的古巴比伦文明中，月亮更是成为人类最崇拜的对象，在古巴比伦人的神话中，太阳神只是月神诞下的儿子，月神的神秘力量能凌驾一切之上，无所不能。古埃及文明中也如此，月亮代表了生育能力。在古印度文明里，月亮是丰收的神灵。在美洲土著文明里，月亮是丰收的象征，是青春之神，藏着永久不老的秘密。

所有这些，都是明月意象广播于各类文学艺术作品的文学学、人类学基础。

月亮作为见证者

《明月何皎皎》的三个关键词：“明月”“客行”“彷徨”。

“明月”，作为见证者，一直在那里，不远不近。满地的月华，澄澈的气质，静温的和谐，明月是母亲与女性的化身，有女性的伤感与细腻；又是永恒存在的象征，启迪人对代代相接、生生不息的生命哲学思索，激发人面对无限时空的天问意识和人生喟叹；明月又是阴柔的代表，诗化的存在，它纯净、温静、空寂、洞达，喻指静谧、通达、智慧。

作为见证者，明月俯瞰着来来往往的人，匆匆忙忙的过客，从故乡到他乡，从出生到死亡，或相聚，或别离，或丧魂落魄，或衣锦还乡。

它见证了很多人追寻的起点，又见证了很多人奋斗的过程，很多人人生的终点。明月承载着人们的漂泊、动荡、不安和流浪，也有对回归的向往。

“客行”，既是离乡在外的所有人，又是指人一生客居的状态。作为天地的过客，逆旅匆匆。正如李白说：“夫天地者，万物之逆旅也，光阴者，百代之过客也。”出走与还乡，也许终究只能是幻梦一场。

客行、彷徨的经常状态，是人类灵魂永远流浪的象征，还是人类肉体总不安宁的真实？

生命的无常，命运的漂泊，使得我们颠沛辗转、入世出世、出走回归，一次又一次地淬炼和磨挫，使得一颗原本未经琢磨脆弱的心，变得如同钻石般美丽且富有光芒。

“彷徨”，既是指人们从出走到回乡的状态，也是指人一生的精神和心灵。

人在天地之间的精神流浪，纠结了存在与虚无、现实与梦想、罪恶与救赎，怀着对故乡的依恋和对幸福的幻想开始出走，一次又一次，这就让每一个游子不可避免地带上矛盾的心理。在游子的精神中，外面的世界是他的梦想，也是他的梦魇，游子时时处处都无法驱散异乡客精神的孤独感与挫折感，从而滋生了归乡之念。对无限漂泊的恐惧，使得客居异乡的灵魂无法安定，因为灵魂最终的归属离不开故乡的土地和气息。几乎每个人都会经历经这样的人生过程：离开故乡，进入他乡，回归故乡。回归故乡，最终是对奔赴他乡的否定，其实也是另一种“出走”。

出走之旅，是一种远离，一种对旧有一切的舍弃，对美好和梦想的寻找。在经历了坎坷漫长的漂泊出走之后，踏上回家的路，有时候并不是一种自我认定后的归乡，而是一种茫然的回归。

人一生一世，做天地过客的最佳境界是，就像泰戈尔所说的那样，“天空没有翅膀的痕迹，而我已经飞过”。

作为经典诗歌的《明月何皎皎》乃至整个《古诗十九首》，记载着中华民族灵魂的行走痕迹，古代先民自我觉醒的意识，以及民族的生存状态和精神状态，为我们解读民族性格、民族精神提供了最好的文本：人生是精彩的冒险，人生是苦难的历程。

一代代精神的朝圣者，一直悲伤而又始终欢乐地继续上路。悲伤是因为，我们要到的地方是那么远，路又那么漫长；欢乐则在于，在我们眼里，那远方之城在落日的光芒之中灿烂辉煌。

后　记

在无限的宇宙和永恒的时间面前，人类作为孤独无依的精神漂泊者，一直都在寻找家园。而文学艺术的内在灵魂，就是表现人类对家园的寻找，展示人类的心灵发展轨迹，慰藉人类常常感到疲惫的心。因此，在文学艺术的永恒主题里，关于天、地、人的叩问一直长存。

古代先民在思索和探寻天地宇宙的时候，留下了许多经典的阐释和总结，其中之一就是提出了"三元"说。"三元"即天、地、人三者。在先民的心目中，天、地、人乃是天地间的精华，是宇宙的支撑和中心。而三者之中，人又是万物之灵，伫立于天地之间，和天地共依存。

无独有偶，西方的先圣们也对天地宇宙的存在提出了"四元"说。"四元"，即天、地、神、人。荷尔德林在他的《希腊》一诗中，以独特的视角揭示了大地和天空的隐秘关系：大地作为大地，仅仅是作为天空的大地；而天空作为天空，只是由于天空对大地产生作用。天、地、神、人四种声音在鸣响，而大地与天空及其关联，归属于天、地、神、人"四元"。"四元"之间密切关联，没有其他三元，任何一元都不能独立存在。

这就是人类为何一直在叩问天地宇宙的根本所在。也正是这种对天、地、人叩问，才显示了人的"诗意的栖居"。这里的诗意之"诗"，不是一般意义上的文学之"诗"，而是哲学之"诗"，它是一种澄明的透射、敞开。"诗意"则是真理透射的一种方式，其本源属于撑开状态的自身澄明。而“诗意的栖居”是人的天性，是人精神的本真状态。当人展开一次次心灵的度量，开始一个个精神的建构活动的时候，才能散发出大海的气息和太阳的芬芳。

对于每一个寻求“诗意的栖居”的人来说，不管他生活在怎样的时代，他都会带着一种高蹈者的目光观照社会和人生状态。他会超乎寻常深刻地感受到所处时代精神的空虚、信仰的失落、人性的压抑，并且以形象和艺术境界把它们表达出来。

从这个意义上看，时常呈现游子、歌者、野草、秋风、道路、明月、星辰、石头、松柏、鸟儿、促织等各种意象的《古诗十九首》，承载着深厚的象征和隐喻，感伤和悲叹。对身处纷乱时代的汉末士人而言，人生中有关自然和社会的道道景观都染上了悲苦的意绪。他们内心充满的矛盾与困惑、苦难与悲凉，都化作一缕缕难以说清的酸楚与无奈。所以从《诗经》以来，被反复吟唱着的对于生命短促、人生无常的感伤，在他们的笔下表现得更为强烈，并成为《古诗十九首》的中心主题。

从这个主题出发，《古诗十九首》以悲哀的基调展开了对闺怨、友情、相思、怀乡、游宦、行役、愿望等种种人生不如意的抒发，作品表现的无着无落的相思、宦途失意的悲伤、怀归不得的怆痛，以及人生易逝的感慨等等，都是人生悲苦和缺憾的体现。

正因如此，清代学者陈祚明才在《采菽堂古诗选》中这样盛赞《古诗十九首》的魅力：“《十九首》所以为千古至文者，以能言人同有之情也。人情莫不思得志，而得志者有几？虽处富贵，慊慊犹有不足，况贫贱乎？志不可得而年命如流，谁不感慨？人情于所爱，莫不欲终身相守，然谁不有别离？以我之怀思，猜彼之见弃，亦其常也。夫终身相守者，不知有愁，亦复不知其乐，乍一别离，则此愁难已。逐臣弃妇与朋友阔绝，皆同此旨。故《十九首》唯此二意，而低回反复，人人读之皆若伤我心者，此诗所以为性情之物。而同有之情，人人各具，则人人本自有诗也。但人有情而不能言，即能言而言不尽，特故推十九首以为至极。”

站在历史文化的高度鸟瞰《古诗十九首》，可以发现它是人类面临大变革、大动荡，甚至大毁灭、大灾变时心灵之境的镜像与映照，是一种无所寄托的精神孤独，一种无所追求的文化哀伤，一种无所归依的人生悲凉。作者在叩问天、地、人的当下与未来的同时，宣泄着群体的痛苦，找寻着自我的位置，书写着疗救心灵的药方。